Andrea Sawatzki
Ein allzu braves Mädchen

PIPER

Zu diesem Buch

Die Hunde bellen stundenlang im Garten des Anwesens, bevor man Winfried Ott findet. Der 71-Jährige liegt im Schlafzimmer seiner Villa, und er ist offensichtlich mit einer scharfkantigen Waffe ermordet worden. Zur gleichen Zeit entdeckt die Polizei in einem Waldstück eine verstörte junge Frau. Sie hockt zitternd in einem schillernden grünen Paillettenkleid unter den Zweigen einer Tanne – und kann sich nicht erinnern, wie sie an diesen Ort gelangt ist. Sie weiß nicht einmal ihren Namen. Nach ihrer Einweisung in die Psychiatrie sitzt sie Dr. Minkowa gegenüber. Ihr anfängliches Misstrauen weicht erst ganz allmählich dem Bedürfnis, endlich ihre Geschichte zu erzählen. Was sie schließlich zu berichten hat, ist tragisch, bewegend und schockierend zugleich.

Andrea Sawatzki gehört zu den bekanntesten deutschen Film- und Fernsehschauspielerinnen. Nach ihrem SPIEGEL-Bestseller »Ein allzu braves Mädchen« erschien die turbulente Weihnachtskomödie »Tief durchatmen, die Familie kommt«, auf die vier weitere Bücher um die Familie Bundschuh folgten. Alle fünf Bände wurden mit Andrea Sawatzki, Axel Milberg und anderen für das ZDF verfilmt. Ihr autofiktionaler Roman »Brunnenstraße«, in dessen Mittelpunkt ihr an Demenz erkrankter Vater stand, war wochenlang auf der SPIEGEL-Bestsellerliste. 2025 legte sie mit »Biarritz« ein psychologisch schillerndes Buch über die Beziehung zu ihrer verwitweten Mutter vor. Andrea Sawatzki lebt in Berlin.

Andrea Sawatzki

Ein allzu braves Mädchen

Roman

PIPER

Mehr über unsere Autorinnen, Autoren und Bücher:
www.piper.de

Wenn Ihnen dieser Roman gefallen hat, schreiben Sie uns unter Nennung des Titels »Ein allzu braves Mädchen« an *empfehlungen@piper.de*, und wir empfehlen Ihnen gerne vergleichbare Bücher.

Von Andrea Sawatzki liegen im Piper Verlag vor:
Ein allzu braves Mädchen
Brunnenstraße
Biarritz

Die Bundschuhs:
Band 1: Tief durchatmen, die Familie kommt
Band 2: Von Erholung war nie die Rede
Band 3: Ihr seid natürlich eingeladen
Band 4: Andere machen das beruflich
Band 5: Woanders ist es auch nicht ruhiger

Alle in diesem Roman vorkommenden Personen und Ereignisse sind frei erfunden. Jede Ähnlichkeit mit lebenden oder toten Personen sowie realen Ereignissen ist rein zufällig und nicht beabsichtigt.

FSC www.fsc.org MIX Papier | Fördert gute Waldnutzung FSC® C021394

PRODUZIERT MIT VERANTWORTUNG

Ungekürzte Taschenbuchausgabe
ISBN 978-3-492-30486-3
1. Auflage September 2014
8. Auflage Februar 2026

80799 München, *www.piper.de*
Für direkten Kontakt und Fragen zum Produkt wenden Sie sich bitte an:
info@piper.de
Umschlaggestaltung: Cornelia Niere, München
Umschlagabbildungen: Arcangel/Elisa Lazo
Satz: Eberl & Koesel Studio, Kempten
Gesetzt aus der Whitman
Gedruckt von ScandBook in Litauen
Printed in the EU

Für Christian

MONTAG

1 Sie hatte sich in ein nahe gelegenes Wäldchen geflüchtet und kauerte unter den tief hängenden Ästen einer Tanne. Die Arme um ihren Oberkörper geschlungen, wiegte sie sich sanft vor und zurück, als wolle sie sich selbst festhalten. Um nicht auseinanderzubrechen.

Obwohl es kalt war, fror sie nicht, sie war empfindungslos. Der Regen hatte ihr Haar durchnässt, Tropfen perlten über ihr blasses Gesicht und rannen an ihrem Hals hinab.

Dumpf starrte sie auf das Muster der Tannennadeln zu ihren Füßen, und ihre Gedanken verloren sich in Bildern und Geschichten, die sie daraus ersann. Der Blick ihrer hellblauen Augen war starr, aber ihre Lippen umspielte ein leises Lächeln. Beides schien nicht recht zusammenzupassen, was ihrem Gesicht einen Ausdruck unendlichen Verlorenseins verlieh. Und doch fühlte sie sich wie befreit. Als hätte sie eine Last, die jahrelang schwer auf ihren Schultern gelegen hatte, endlich abgeworfen.

2 Die beiden Jungen streiften lachend durch das dichte Wäldchen auf der Suche nach einem geeigneten Ort zum Versteckspielen, und ihre hellen Stimmen schienen an den knorrigen Stämmen der alten Bäume abzuperlen und tief in das große Schweigen einzusinken, das den Wald erfüllte. Sie sprachen lauter als nötig, um die bösen Geister fernzuhalten, und knufften sich gegenseitig, als sich im tief hängenden Grün einer Tanne vor ihnen etwas bewegte. Sie verstummten, dann fassten sie sich in der Vorfreude auf eine spannende Entdeckung an den Armen und schoben sich langsam näher an die Tanne heran. Neugier und Furcht hielten sich die Waage. Sie mussten sich bemühen, das hysterische Kichern zu unterdrücken, das an ihren Kehlen zupfte. Sacht bewegte sich etwas zwischen den Bäumen, schien sanft hin- und herzuwiegen, und ein Ton, hoch und metallisch, ließ die Jungen erschauern. Aber die Neugier war schließlich stärker als die Angst, also pirschten sie nah aneinandergedrängt weiter und bogen endlich ein paar

Zweige zur Seite, um sehen zu können, was sich dahinter verbarg.

Der Schrei, den sie ausstießen, war ohrenbetäubend. Dann rannten sie los.

3 Den beiden Polizisten, die kurze Zeit später in dem Wäldchen erschienen, bot sich ein merkwürdiger Anblick: Vor ihnen hockte, den Oberkörper tief vornübergebeugt, eine junge Frau. Sie trug ein grünes Paillettenkleid und hohe schwarze Lederstiefel, die strähnigen Haare schimmerten rötlich, und ihr Gesicht war dreckverkrustet. Ihre Hände und die nackten Beine waren voller Erde. Sie hielt ihre Knie umschlungen und sang leise vor sich hin. Die Beamten sprachen sie mehrere Male vergeblich an, es schien, als sei die Frau nicht bei Sinnen und habe sich forttragen lassen in eine fremde Welt.

Plötzlich aber hob sie den Blick und sah die Polizisten von unten an. Ihre Augen waren von einem eisigen Blau, und ein kalter Schauer überlief die Männer, als die junge Frau plötzlich die Zähne fletschte und ein kaum wahrnehmbares Knurren von sich gab. Dann kicherte sie leise und senkte den Blick wieder.

Über Funk forderten die Beamten einen Wagen an, weil ihnen die Begegnung nicht geheuer war, und als der eine Viertelstunde später endlich eintraf, packten sie die Frau und trugen sie in das bereitstehende Polizeifahrzeug. Sie leistete keinen Widerstand und brach ihr Schweigen nicht.

Außer ihrer Kleidung trug die junge Frau nichts bei sich. Da man ihr keine Auskunft über ihren Namen oder Wohnort entlocken konnte und sie einen stark verwirrten Eindruck machte, wurde sie sehr bald in die Psychiatrie überführt.

4

Man hatte sie eingeschlossen. Ihr Zimmer war klein und überhitzt. Es gab nur ein Bett, ein Waschbecken und eine Toilette. Unter dem Fenster standen noch ein Tischchen und ein Stuhl. Wenn sie sich auf den Stuhl stellte, konnte sie aus dem Fenster blicken.

Eine Pflegerin hatte sie gewaschen und ihr einen Overall gegeben. Jetzt saß die junge Frau auf dem Bett und hatte die Arme fest um den Oberkörper geschlungen.

Das angebotene Essen rührte sie nicht an. Sie starrte auf das Gekritzel an der Wand. Es schien keinen Sinn zu ergeben, und darum beschäftigte sie sich damit, in den Linien der Buchstaben und den Schatten des Gemäuers eine eigene Bedeutung zu suchen.

Sie lauschte den Schritten und Stimmen der Menschen vor ihrer Tür. Wenn jemand davor stehen blieb, durchbohrte die Angst sie wie ein heißer Pfeil. Sie wollte allein sein, ungestört. Wieder starrte sie an die Wand. Das Sonnenlicht, das durch das hohe Fenster fiel, warf Schatten und Lichtflecken darauf. Es flimmerte auf der rauen Oberfläche. Sie erkannte eine sommerliche Landschaft, Felder, die sich in der Ebene erstreckten, ab und zu ein einsamer Baum, der Schatten eines Tieres, einer Wolke. Dann das satte Gelb des reifen Korns, welches sich sacht im Wind wiegte.

So verging die Zeit, bis es dunkel wurde. Irgendwann legte sie sich schlafen.

DIENSTAG

5 Am frühen Morgen ging bei der Polizeidienststelle Grünwald ein Anruf ein. Ein Anwohner beschwerte sich darüber, dass die Hunde im benachbarten Garten seit Tagen bellten und jaulten. Obwohl er mehrmals bei seinem Nachbarn geklingelt hatte, öffnete niemand, und langsam begann er sich Sorgen darüber zu machen, dass dem alleinstehenden Mann etwas zugestoßen sein könnte. Die Frage, ob es möglich sei, dass sich der alte Herr auf Reisen befinde, verneinte er. Das sei völlig ausgeschlossen, Herr Ott würde seine Hunde niemals allein zurücklassen. Außerdem führe Herr Ott ein äußerst zurückgezogenes Leben und sei nicht sonderlich gesellig.

Als die Polizei wenig später am Ott'schen Grundstück eintraf, machten die ausgehungerten und aggressiven Schäferhunde es den Beamten unmöglich, das Haus zu betreten. Erst als die Tiere betäubt und abtransportiert worden waren, konnten sich die Polizisten daranmachen, die massive Eichentür des eleganten Gebäudes aufzuhebeln.

Sie traten in den großzügigen Eingangsbereich, wo ihnen sofort ein muffiger Geruch entgegenschlug. Der Raum lag im Halbdunkel. Die schweren, vergilbten Vorhänge vor den Fenstern verwehrten den Blick in den Garten. Die biedere Einrichtung stand in merkwürdigem Gegensatz zum pompösen Äußeren der Villa. Auf einer Kommode standen allerlei Porzellanfiguren, vornehmlich spielende Kinder und Hunde aller Rassen, an den Wänden Stickbilder mit Landschafts- und Hundemotiven. Den abgenutzten Dielenboden bedeckten fadenscheinige Perserteppiche.

Im Haus war es still, was wegen des Lärms, den die Hunde kurz zuvor gemacht hatten, nun besonders auffiel. Außer dem Ticken einer alten Standuhr war nichts zu hören, die Stille dröhnte in den Ohren.

Nachdem die Beamten das Erdgeschoss durchsucht hatten, stiegen sie die breite geschwungene Treppe in das obere Stockwerk hoch.

Im Schlafzimmer stießen sie gleich neben der Tür auf die Leiche des Hausherrn. Er lag nackt, mit eingeschlagenem Schädel und erheblichen Verletzungen am ganzen Körper in einer Lache getrockneten Blutes. Seine Gliedmaßen wirkten seltsam verrenkt. Die trüben, eingefallenen Augen waren aufgerissen, der Mund war weit geöffnet wie zu einem tonlosen Schrei. Anscheinend hatte der alte Mann versucht, vor seinem Mörder zu fliehen, denn eine getrocknete Blutspur zog sich von der Mitte des Raums bis hin zur Tür.

6

Sie hatte nahezu zwölf Stunden geschlafen, was für Neuzugänge nicht unüblich war. Nachdem sie etwas Brot mit Marmelade und Kaffee zu sich genommen hatte, brachte man sie in den Therapieraum.

Die Psychiaterin, die sie dort erwartete, war um die fünfzig, von schlanker Gestalt, das dunkle Haar kinnlang geschnitten. Die braunen Augen hinter den Brillengläsern wirkten sanft und hatten doch etwas Energisches. Sie gab der jungen Frau die Hand, die sich kühl und fest anfühlte.

Die Psychiaterin wies der jungen Frau einen Stuhl zu, und setzte sich selbst an ein kleines Tischchen mit einer Blumenvase.

Dann sagte sie: »Mein Name ist Minkowa. Das Doktor können wir uns sparen. Wie heißen Sie?«

Die junge Frau schwieg.

»Sie wurden gestern früh in einem Wäldchen aufgefunden. Haben Sie eine Erinnerung daran, wie Sie dahin gelangt sind? Was davor geschehen ist?«

Die Patientin blickte an der Ärztin vorbei an die Wand und schwieg.

»Gibt es jemanden, den wir informieren sollen, jemanden, der sich eventuell Sorgen macht, warum Sie heute Nacht nicht nach Hause gekommen sind?«

Die junge Frau fixierte die Wand, und die Stimme der Psychiaterin wurde leiser und immer leiser. Irgendwann hörte sie sie nicht mehr. Sie hatte eine Stelle entdeckt, die einer Flusslandschaft glich. An den Rändern des Wassers wuchsen dichte Büsche, dahinter breiteten sich Wiesen aus. Sie strahlten in sattem Grün, und der Fluss schlängelte sich klarblau durch die Landschaft. Das sah schön aus, und sie gab sich der Vorstellung hin, am Ufer zu sitzen und hinabzublicken in die Tiefe des Gewässers.

Plötzlich riss die Stimme der Psychiaterin sie aus ihren Träumen.

Die junge Frau blickte auf.

»Kann ich Ihnen helfen?«

»Nein. Danke.« Sie hatte offenbar beschlossen zu sprechen. »Ich musste bei der Landschaft an meine Kindheit denken. Da sah es genauso aus.«

Die Ärztin blickte zur Wand. Außer dem Weiß der Tapete entdeckte sie nichts.

»Haben Sie denn schöne Kindheitserinnerungen?«

»Ja.« Die junge Frau neigte den Kopf zur Seite und lächelte. »Ich wuchs auf dem Land auf. Wir hatten ein großes Haus mit einem riesigen Garten. Hinten war ein kleiner Weinberg, mein Vater war leidenschaftlicher Gärtner und wollte unbedingt eigenen Wein anbauen.« Sie lachte. »Hat aber meistens nicht geklappt, irgendwelche Schädlinge oder Bakterien haben die Ernte oft ruiniert.«

Es war nicht erkennbar, warum sie so lange geschwiegen hatte und jetzt ein scheinbar normales Gespräch zu führen begann.

»Was macht Ihr Vater beruflich?«, fragte Dr. Minkowa.

»Er war Journalist. Er ist leider vor einiger Zeit gestorben. Meine Mutter auch. Sie kamen bei einem Autounfall ums Leben.« Die junge Frau senkte den Kopf und blickte zu Boden.

»Das war schwer für Sie?«

»Das war der schlimmste Moment meines Lebens, als ich die Nachricht bekam. Ich war zu Hause und machte gerade das Gästezimmer fertig, meine Eltern wollten mich für ein paar Tage besuchen. Dann klingelte es, und die Polizei stand vor der Tür.«

Sie verstummte. »Ich möchte nicht darüber reden, nein.« Ihr Blick ging nach innen.

»Natürlich nicht. Wann war das?«, fragte Dr. Minkowa vorsichtig.

»Weiß nicht, vor einigen Jahren. Ich unterteile den Schmerz nicht in Zahlen. Er ist allgegenwärtig.«

»Möchten Sie aus Ihrem Leben erzählen? Ich würde mich freuen, mehr über Sie zu erfahren. Wie heißen Sie?«

Die junge Frau schwieg unbeirrt.

»Wo sind Sie aufgewachsen?«

»In Schwaben, später sind wir dann in ein größeres Haus in Bayern gezogen. Da war ich noch klein, vielleicht acht. Mein Vater hat mir ein Pony geschenkt, das stand hinten im Garten und hat meiner Mutter immer den Gemüsegarten zertrampelt. Es hieß Loretto.«

»Ihre Mutter war nicht berufstätig?«

»Nein, sie musste nicht arbeiten. Sie wollte immer für mich da sein und hat sich um das Haus und alles gekümmert. Wir hatten viel Besuch. Meine Mutter hat leidenschaftlich gern gekocht. Eigentlich hatten wir immer ein volles Haus. Das war manchmal ziemlich chaotisch, aber schön. Ich konnte auch immer Freundinnen einladen.«

Die Psychiaterin überlegte kurz, dann fragte sie: »Erinnern Sie sich daran, wie Sie gestern früh in das Wäldchen gekommen sind?«

»Also, so wie ich mich kenne, war ich wahrscheinlich feiern und hab dann die Orientierung verloren. Das passiert mir manchmal.«

»Wie lautet Ihre Adresse? Wir haben keinen Ausweis bei Ihnen gefunden.«

»Oh, wo hab ich den denn bloß gelassen?« Die junge Frau wirkte abwesend.

Sie sah durch die Psychiaterin hindurch. Dann schien sie den ernsthaften Versuch zu unternehmen, sich zu erinnern. Nach einiger Zeit hob sie resigniert die Schultern.

»Ich weiß es nicht. Es tut mir leid, ich kann mich an gar nichts mehr erinnern.«

Panik trat in ihr Gesicht, und sie knetete ihre Hände.

»Machen Sie sich keine Sorgen. Ich werde Ihnen helfen, sich zu erinnern. Wir werden gemeinsam herausfinden, was geschehen ist. Und bald werden wir sicher auch wissen, wo Sie wohnen und wer Sie sind. Sie können wieder nach Hause zurück.«

»Das wäre ganz schön.«

7 Abends durfte sie duschen. Eine Pflegerin holte sie ab und brachte sie ins Untergeschoss. Dort befanden sich die Waschräume. Die Luft war feucht, es roch ein wenig modrig, denn die Abflüsse waren verstopft, und das schmutzige Wasser konnte nicht abfließen.

Sie ekelte sich, aber nachdem die Pflegerin ihr ein Stück Seife in die Hand gedrückt und die Kabinentür hinter ihr geschlossen hatte, fühlte sie sich besser. Sie stellte sich unter den Brausekopf und drückte den Knopf in der Wand. Dann schloss sie die Augen, legte den Kopf in den Nacken und ließ sich das heiße Wasser übers Gesicht laufen.

Sie erinnerte sich daran, wie sie als kleines Mädchen bei Regen aus dem Haus gelaufen war. Niemand hatte das damals verstanden. Sie war süchtig nach dem Regen gewesen, süchtig nach den dunklen Wolken und dem Grollen des Donners. Sie liebte die Einsamkeit, und bei schlechtem Wetter konnte sie sicher sein, dass sie kaum jemandem begegnen würde.

Sie war ein stilles Kind gewesen. Zurückhaltend und wohlerzogen. Die Mutter hatte ihr Kleider genäht und Pullover für den Winter gestrickt und einen Tellerrock aus roter Wolle, der bis hoch zu ihren Hüften geflogen war, wenn sie sich im Kreis drehte. Sie hatte immer Tänzerin werden wollen. Oder Tierärztin. Oder Verkäuferin in einem Tante-Emma-Laden. Ihr Haar war dünn und rötlich, und manchmal hatte sie sich eine Wollstrumpfhose über den Kopf gestülpt und geträumt, die Beine, die seitlich an ihrem Körper baumelten, wären Zöpfe.

Das Handtuch war rau, sie rubbelte damit über ihren Körper, bis die Haut brannte. Dann begleitete die Pflegerin sie zurück in ihr Zimmer. Sie setzte sich unter dem kleinen Fenster auf den Boden und starrte auf das graue Linoleum vor sich. Lange Zeit blieb sie so sitzen.

Es wirkte, als habe sich die Leblosigkeit auch Zugang zu ihrer Seele verschafft. Aber in ihrem Kopf tobte es. Sie versuchte sich verzweifelt an die Stunden zu erinnern, bevor man sie im Wald entdeckt hatte, aber sie konnte sich nicht konzentrieren. Kaum hatte sie das Gefühl, einen klaren Gedanken zu fassen, löste er sich schon wieder auf.

Sie wusste, sie war mit ihrem Mini zur Arbeit gefahren und hatte den Wagen am Straßenrand geparkt. Es war bereits dunkel gewesen, als sie auf das Haus zugelaufen war, und sie hatte sich darüber geärgert, dass sie sich das Haar eingedreht hatte, bevor sie losgefahren war, denn es hatte in Strömen geregnet.

Danach war jede Erinnerung ausgelöscht.

Das Nächste, was sie vor sich sah, war die nass glänzende Fahrbahn am frühen Morgen. Es wurde gerade hell, sie saß in ihrem Auto und fuhr ziellos durch die menschenleeren Straßen. Sie fror und wusste nicht mehr, wo sich der Schalter für die Heizung befand. Irgendwann stieg sie dann aus, weil sie das Gefühl hatte, etwas Dunkles säße hinter ihr auf dem Rücksitz und beobachtete sie. Sie öffnete die Wagentür und rannte los. Bis sie sich in einem Wald wiederfand und sich unter den Zweigen eines Baumes versteckte. Ihr war übel, und sie bekam keine Luft, die Angst schnürte ihr die Kehle zu. Und irgendwann wachte sie wieder auf, wie aus einem langen Traum. Sie hatte Kinderstimmen gehört und wusste im ersten Moment nicht, ob die Stimmen zu ihrem Traum gehörten oder real waren.

Plötzlich öffnete sich die Zimmertür, und eine Pflegerin brachte das Abendessen. Brot, helle Wurst und abgepackter Käse. Nachdem sie wieder gegangen war, lag minutenlang ein unangenehmer Schweißgeruch in dem kleinen Raum.

Die junge Frau rührte das Essen nicht an.

MITTWOCH

8

Abendzeitung, 17. 11. 1992

RÄTSELHAFTER MORD AN RENTNER

Der Tod des ehemaligen Leiters der Justizvollzugsanstalt Hof, Dr. Wilfried Ott (71), gibt der Polizei Rätsel auf.

Gestern Morgen gegen 6 Uhr früh ging bei der Polizeidienststelle Grünwald ein Anruf ein, in dem sich ein Mann über lautes Winseln und Gebell seiner Nachbarshunde beschwerte. Da es sich um Wachhunde handelte, hatte ihre stete Anwesenheit im benachbarten Garten zunächst keinen Verdacht erregt. Erst der Lärm, den die Tiere verursachten, machte den Anwohner aufmerksam, sodass er schließlich die Polizei alarmiert.

Nach Eintreffen vor Ort und dem Betäuben der aggressiven Hunde durch den Tiernotdienst fanden die Beamten im Obergeschoss der Villa die Leiche des Hauseigentümers. Der Tote lag mit schweren Schädelverletzungen und tiefen Wunden am ganzen Körper in seinem Schlafzimmer. Wertgegenstände oder Bargeld scheinen nach ersten Erkenntnissen nicht entwendet worden zu sein. Wilfried Ott lebte nach Aussagen seiner Nachbarn zurückgezogen und allein, nachdem vor einigen Jahren seine Frau verstorben war.

Wie es zu der grauenhaften Tat kam, ist zurzeit noch ungeklärt. Die Mordkommission hat die Ermittlungen aufgenommen.

9 Als das Frühstück gebracht wurde, saß sie wieder unter dem Fenster auf dem Boden. Sie lächelte und bedankte sich bei der Pflegerin. Obwohl sie wusste, dass der Schweißgeruch auch dieses Mal noch lange im Raum bleiben würde, fühlte sie sich auf unerklärliche Weise mit der Pflegerin verbunden. Sie strahlte Mütterlichkeit und Wärme aus, was vielleicht auch mit ihrer Körperfülle zu tun haben mochte.

Als die junge Frau wieder allein war, versuchte sie erneut, sich zu konzentrieren.

Vor dem Fenster zog ein Gewitter auf. Sie konnte den Sturm hören, der unten im Hof an den Mülltonnen rüttelte, das Pfeifen, wenn er um die Hausecken jagte.

Bald würde es regnen.

Eine Erinnerung holte sie ein. Das erste Mal seit langer Zeit sah sie ein Bild in ihrem Innern und fand Worte dafür:

Sie hatte Sommerferien, saß auf der Fensterbank ihres Zimmers und genoss die Wärme der Sonnenstrahlen auf ihrer Haut. Sie war ungefähr neun Jahre alt. Vor ihr erstreckte sich die Pracht des Blumenbeetes. Das Blau des Rittersporns und das satte Orange der Feuerlilien mischten sich mit den unterschiedlichsten Grüntönen: die fröhlichen Farbtupfer der Wicken, die sich etwas seitlich am Gartentor emporrankten, dazu der betörende Duft aller Blüten. Sie hörte das Summen der Insekten, das Vogelgezwitscher und ab und zu das ferne Grollen eines aufziehenden Gewitters.

Die junge Frau gab sich ganz dieser Erinnerung hin und schloss die Augen. Der Sturm tobte immer lauter und gnadenloser, dicke Regentropfen zerplatzten an dem kleinen Gitterfenster, und Dunkelheit legte sich über den Raum.

10

Nachmittags wurde sie wieder in den Therapieraum geführt. Die Ärztin erwartete sie.

»Wie geht es Ihnen heute?«

»Danke. Ist in Ordnung.« Sie suchte die Stelle an der Wand und überprüfte die Landschaft. Alles war noch an seinem Platz. »Ich habe eine Bibel in der Schublade gefunden.«

»Ja, die Bibeln liegen in jedem Zimmer. Manchmal trösten die Geschichten, manchmal verhelfen sie den Patienten zu mehr Klarheit, wenn sie sich nicht mehr zurechtfinden.« Dr. Minkowa beobachtete die junge Frau. »Konnten Sie denn ein bisschen darin lesen?«

»Ja. Ich erinnerte mich daran, dass mein Vater mir einmal die Geschichte von Kain und Abel erzählt hat. Die habe ich nachgeschlagen. Sie ist schön.«

»Ja. Traurig und schön.«

»Das große Schweigen.« Der Blick der jungen Frau war auf die Wand fixiert.

»Was meinen Sie?«

»Dass das Verbrechen nur geschehen konnte, weil die Eltern sich nicht um die Kinder gekümmert haben.«

Die Psychiaterin hob die Augen. »Sie meinen, dass der Brudermord aus Eifersucht passiert ist? Aus der Unfähigkeit heraus, miteinander zu sprechen? Aus dem Desinteresse, das die Kinder vonseiten der Eltern erfahren haben? Ja, da mögen Sie recht haben.«

»Ja. Ich glaube, das meine ich.«

»Das hieße, dass die Schuld bei den Eltern liegt. An deren Unvermögen, beide Kinder gleichermaßen zu lieben und auf ihre unterschiedlichen Bedürfnisse einzugehen.«

»Ja. So könnte man es sagen. Es ist Kain sicher nicht leichtgefallen, den eigenen Bruder zu erschlagen.«

»Haben Sie Geschwister?«

»Nein, leider nicht. Ich hätte gern jemanden gehabt, als meine Eltern gestorben sind.«

»Hatten Sie Freunde, die sich um Sie gekümmert haben?«

»Ja, ich war nicht allein. Trotzdem fällt es, glaube ich, leichter, solch einen Schmerz innerhalb der Familie zu verarbeiten.«

»Wann ist der Unfall geschehen?«

Die junge Frau blickte auf. »Hab ich doch schon gesagt.«

»Ach ja? Bitte verzeihen Sie, ich habe es vielleicht

nicht richtig verstanden. Bitte wiederholen Sie es doch noch einmal.«

»Weiß ich nicht.«

Die Stille, die auf diese drei Worte folgte, hing schwer im Raum, bis die Psychiaterin sie wieder brach.

»Sind Ihre Eltern manchmal mit Ihnen in die Kirche gegangen?«

»Ja. Beinah jeden Sonntag. Ich habe das geliebt. Wir hatten so ein schönes Gemälde im Esszimmer. Es hing über der Anrichte, und ich konnte es immer sehen, wenn wir zusammensaßen. Es sah aus wie das Deckengemälde einer Kirche. In der Mitte hing Jesus am Kreuz, und um ihn herum schwirrten Engel durch die sonnendurchfluteten Wolken. Jesus ließ den Kopf hängen, aber auf seinen Lippen konnte ich ein kleines Lächeln erkennen. Die Farben haben mich so fasziniert, ein Blau, ganz verschwommen, wie Nebel am frühen Morgen. Und ich konnte die Wärme der Sonnenstrahlen spüren, die hier und da durch die Wolken blitzten.«

»Das hört sich schön an.«

»Ja, das war es auch. Wir haben alle das Bild geliebt und oft darüber gesprochen. Also, dass der Glaube an Gott einem helfen kann, mit der Bürde des Lebens zurechtzukommen.«

»Wie meinen Sie das?«

»Jesus leidet, aber er lässt sich seine Zuversicht nicht nehmen. Er lächelt, obwohl er Schmerzen hat, und gibt sich der Liebe zu Gott hin. Das hilft ihm. Er verurteilt nicht, sondern bleibt ganz bei sich und der Liebe. So in etwa.«

»Ja, ich verstehe, was Sie meinen.«

»Meine Eltern haben immer gesagt, egal was kommen mag, solange wir zusammenhalten, kann uns nichts geschehen. Niemand wird Macht über uns erlangen. Wir sind ein Fels in der Brandung. Das fand ich schön. Meine Eltern waren für mich die Felsen in der Brandung.« Sie lächelte und schien sich an etwas zu erinnern. »Mein Vater hat gern Schach gespielt und wollte mir das unbedingt beibringen. Aber er hat sich vergeblich mit mir abgemüht, ich bin nicht so gut im logischen Denken. Dann haben er und meine Mutter mich in einem Reitstall angemeldet. Damit ich meine Freizeit sinnvoll verbringe. Einmal kam er mit einem Babyfrosch in der Hand in mein Zimmer und sagte: ›Guck dir den Kleinen genau an, du möchtest doch Tierärztin werden, da ist es wichtig, früh Kontakt zu Tieren zu haben.‹ Als ich mich sträubte, hat er ihn mir ganz vorsichtig in die Hand gelegt und mir einen Kuss gegeben, als ich langsam die Scheu vor dem Frosch verlor. Er war immer so lieb zu mir. Er fehlt mir. Dieses Schicksal hat er nicht verdient.«

»Sie meinen den Autounfall?«

Aber die junge Frau antwortete nicht, sondern sah gedankenverloren in die Ferne. In ihren Augen glänzten Tränen.

Für heute war die Sitzung beendet.

DONNERSTAG

11

Die Obduktion ergab Tod durch Hirnblutung infolge schwerer Schädelfraktur, außerdem hatte das Opfer innere Blutungen im oberen Bauchbereich erlitten.

Fingerabdrücke, die nicht von dem Opfer stammten, waren an nahezu allen Türklinken des Hauses sichergestellt worden, die Blutspuren in Schlafzimmer, Flur und Bad stammten ausschließlich von Wilfried Ott selbst.

Anscheinend hatte er den Mörder freiwillig ins Haus gelassen, denn Einbruchspuren wurden nicht gefunden. Sicher hätten die Wachhunde auch einer fremden Person den Zutritt aufs Grundstück verwehrt.

Zeugen für die Tat gab es nicht.

Die Putzfrau, die einmal pro Woche kam, gab zu Protokoll, dass ihrer Meinung nach nichts aus dem Haus entwendet worden war. Über den Charakter des Ermordeten sagte sie aus, er sei wortkarg gewesen, auf Pünktlichkeit bedacht und habe immer korrekt bezahlt. Trinkgeld habe es allerdings nie gegeben, obwohl sie ihre Arbeit immer gut gemacht habe. Seine beiden Schäferhunde habe er über alles geliebt. Da sie keine Fremden im Haus duldeten, habe er sie immer eingesperrt, wenn sie putzte. Gäste habe sie nie gesehen, er sei ein Eigenbrötler gewesen. Seine Frau sei wohl schon vor Jahren gestorben, da habe sie aber noch nicht für ihn gearbeitet.

Gern sei sie nicht gekommen, er sei abweisend und herrisch gewesen, aber in ihrem Alter könne man sich die Arbeit nun mal nicht mehr aussuchen.

Andere Personen, die eine Aussage hätten machen können, fanden sich nicht.

12 Nach dem morgendlichen Duschen wurde sie wieder in ihr Zimmer gebracht. Sie stieg auf den Stuhl, um nach draußen blicken zu können. In der Nacht hatte es gefroren. Die Sonne schien, und am unteren Rand der Scheibe hatten sich Eisblumen gebildet. Die Konturen der Mauervorsprünge und Dachgiebel des gegenüberliegenden Gebäudes sahen aus, als wären sie vor Kurzem geschliffen worden. Das musste an der kalten, klaren Luft liegen. Im hellen Licht schloss sie die Augen, dann blinzelte sie, legte den Kopf in den Nacken und blickte in das satte Blau des Himmels.

Unwillkürlich dachte sie an die Augen ihres Vaters. An seinen Blick, wenn er sie beobachtete. Sein feines Lächeln, wenn ihm etwas missfiel. An den Schatten, der dann über sein Gesicht huschte. Unergründlich.

Sie erinnerte sich an seinen Geruch, wenn sie nah bei ihm gewesen war, und eine Woge von Sehnsucht lief durch ihren Körper.

Seine Hände, seine flinken Finger, wenn er auf

der Schreibmaschine schrieb. Der konzentrierte, unzugängliche Ausdruck in seinem Gesicht, wenn er über etwas nachdachte. Die straffe Körperhaltung und das leise Trommeln seiner Fingerspitzen auf der Sessellehne, wenn er grübelte.

Wenn er arbeitete, durfte er nicht gestört werden, aber in der übrigen Zeit war er immer in ihrer Nähe. Sie war nie allein gewesen.

Dann sah sie ihre Mutter vor sich. Ihr Lachen, ihre grünen Augen, ihre schönen langen Beine, die sie als Kind auch so gern haben wollte. Ihre zarten Hände, wenn sie sie berührte. Ihre warmen Küsse und der sanfte Klang ihrer Stimme. Ihre Hilflosigkeit, wenn etwas misslang, ihr Lachen, wenn sie glücklich war.

Manchmal war sie zur Mutter ins Bett geschlüpft und hatte sich an ihren duftenden Leib gedrückt. Dem Rhythmus ihres Atems und dem zaghaften Zwitschern der erwachenden Vögel im Garten gelauscht. Da war sie glücklich gewesen.

Ihre Gedanken sprangen von einer Erinnerung zur nächsten. Sie musste plötzlich an die Hochzeit ihrer Eltern denken. An das Hochzeitskleid der Mutter. Die Jacke über und über bedeckt mit kleinen glitzernden Strasssteinchen. Wo war sie selbst gewesen, als die Eltern geheiratet hatten? Sie war acht Jahre alt. Dann fiel es ihr wieder ein. Sie war vor Aufregung krank geworden, und der Vater hatte es vernünftiger gefunden, sie in der Obhut einer Bekannten zu lassen. Er war immer besorgt um sie gewesen. Aber verstanden hatte sie die Entscheidung ihrer Eltern nie. Sie von der Hochzeit auszuschließen.

Sie schloss die Augen und schüttelte die Gedanken ab. Das hatte sie sich im Lauf ihres Lebens angewöhnt. Nicht zurückblicken, nur nach vorn. Dann konnte ihr nichts passieren.

13 Sie hatte sich als Kind mit Tieren umgeben, sie konnte nie genug Tiere um sich haben. Das erzählte sie der Psychiaterin, als sie am Nachmittag beisammensaßen.

»Im Coop unten im Städtchen gab es eine Kleintierabteilung. Da trieb ich mich manchmal rum, wenn mir langweilig war. Ich fand die weißen Mäuse so niedlich. Die kosteten damals eine Mark. Die konnte ich natürlich nicht einfach so klauen, die waren in einem Terrarium.«

»Sie haben gestohlen damals?«

»Jedes Kind klaut doch manchmal.«

»Das kommt darauf an.«

»Worauf?«

»Hat Ihnen damals etwas gefehlt? Fühlten Sie sich manchmal allein oder unverstanden?«

»Wie kommen Sie denn darauf? Ich fand's einfach spannend.«

»Und womit haben Sie die Tiere bezahlt, wenn Sie sie nicht stehlen konnten?«

»Ich habe nicht gestohlen, ich habe geklaut, das ist was anderes.«

Die junge Frau wirkte gereizt. Irgendetwas schien sie zu belasten.

»Ich klaute meiner Mutter Geld aus dem Portemonnaie. Und dann hab ich zwei Mäuse gekauft. Eine allein wäre einsam gewesen. Ich hab sie in meiner Schreibtischschublade versteckt.«

»Wieso?«

»Was, wieso?«

»Ich meine, wieso haben Sie sie versteckt? Ihre Eltern liebten Tiere doch auch.«

»Ja, aber keine Mäuse. Mäuse waren in der Wohnung verboten.«

»Lebten Sie nicht in einem Haus?«

»Ja, aber da ging es auch nicht. Jedenfalls wurde eine von den Mäusen schwanger, und ich wusste nicht, was ich machen sollte, als es so weit war. Die Mäuse hießen Alfred und Trine und waren total süß. Auch während der Geburt ließ ich Alfred bei Trine in der Schublade, und ich dachte, er könnte vielleicht mit seiner Anwesenheit bewirken, dass Trine noch mehr Babys bekam, als sie ursprünglich wollte. Ich dachte, das geht dann alles auf einmal. Ich war ja noch klein.«

»Wieso haben Sie Ihre Mutter nicht gefragt, was bei einer Geburt passiert?«

»Weiß nicht. Manchmal war sie ja auch unterwegs. Jedenfalls deutete ich das Fiepsen, das ich die ganze Nacht über von meinem Bett aus hörte, als Geburtsschreie. Am nächsten Morgen machte ich die Schublade auf. Es war totenstill. Und dann bekam ich den totalen Schock. Alles war voller Blut, und überall lagen angebissene, tote Mäusebabys rum. Winzig klein und nackt, die Augen noch geschlossen. Die Eltern lebten, man sah ihnen gar nichts an. Kein Blut am Maul oder komische Augen. Ich hab sie dann in den Garten gesetzt. Ich war ganz verwirrt, außerdem mochte ich sie von dem Moment an nicht mehr. Die Beerdigung der Mäusejungen ging ziemlich schnell, war ja nicht viel zu verbuddeln. Später hatte ich dann noch einen Hamster, den ich aber wieder zurückbringen musste.«

»Wieso mussten Sie ihn zurückbringen?«

»Weil meine Mutter ihn im Zimmer entdeckte. Und dann hatte ich mal eine Schildkröte. Die ertrank, weil ich ihr das Schwimmen beibringen wollte. Ich dachte immer, die könnten schwimmen, und wollte sie in einem Eimer üben lassen, weil sie noch ziemlich jung und unerfahren war. Am Abend saß sie dann leblos am Grund des Eimers.

Ich hatte eigentlich immer Pech mit meinen Tieren.«

»Außer mit Loretto.«

»Mit wem?«

»Dem Pony.«

»Ach so. Ja.« Die junge Frau sah Dr. Minkowa in die Augen. Sie verstummte und sprach in dieser Sitzung kein Wort mehr.

14

Das Licht wurde um einundzwanzig Uhr gelöscht, danach gab es nur noch eine kleine, grüne Notleuchte neben der Tür.

Sie hasste die Dunkelheit.

Gegen Mitternacht hörte sie Schritte. Zuerst knarrte eine Tür am Ende des Gangs. Dann kam jemand langsam näher. Sie wartete darauf, dass irgendwann die Türklinke nach unten gedrückt würde, aber es geschah nichts. Sie kauerte sich wie ein Kind in die hinterste Ecke ihres Bettes und kroch unter die Decke. Nur ihre Augen blickten über den Deckenrand hinweg, damit sie die Türklinke im Blick behalten konnte. So wachte sie bis in die frühen Morgenstunden. Unfähig, sich zu rühren, vollkommen erstarrt, als sei sie in eine Falle getappt.

15

Irgendetwas hat sie geweckt. Ein Geräusch. Sie liegt da, starrt ins Dunkel und hält die Luft an, um besser hören zu können. Da ist es wieder. Es kommt aus dem Zimmer nebenan. Wie das Kreischen von Kleiderbügeln, wenn man sie auf der Metallstange hin- und herschiebt. Dann Stille. Sie spürt, wie sich Schweiß auf ihrer Stirn bildet, auf ihrer Oberlippe, an ihrem Rücken. Sie liegt reglos und ruft nach ihrer Mutter. Aber die Mutter ist nicht da. Jetzt ist sie also allein. Mit dem Vater, aber der kann es nicht sein, der die Geräusche macht. Er ist schon lange tot. Es ist niemand außer ihr in der Wohnung. Plötzlich hört sie das Seufzen der Türklinke am Ende des Flurs. Stille. Dann noch ein Geräusch. Ein rhythmisches Schleifen. Sehr langsam, in immer gleichen Abständen. Das Schlurfen von Schritten, die sich langsam ihrem Zimmer nähern. Sie kennt das Geräusch und will fliehen, aber sie ist wie gelähmt.

Die Schritte kommen immer näher, dann verstummen sie vor dem Zimmer, und durch das Glas der Tür erkennt sie die Umrisse einer Gestalt. Obwohl es eben noch dunkel war, kann sie jetzt die Türklinke erkennen, wie sie langsam nach unten gedrückt wird. Dann klackt es, und die Tür öffnet sich.

Die Gestalt nähert sich mit schleppenden, scharrenden Schritten ihrem Bett und verharrt gleich davor. Sie spürt, wie die Bettdecke von ihrem Körper gezogen wird. Ganz sacht. Ganz langsam. Bis sie es nicht mehr aushält und zu ihrer kleinen Nachttischlampe greift und Licht macht.

Vor ihr steht der Vater und sieht sie durch seine Brille mit kurzsichtigen blauen Augen an. Sein Gesicht ist ausdruckslos. Sie weiß nicht, was er von ihr will. Sie versucht, lieb zu ihm zu sein, um ihn nicht aufzuregen, und sagt:

»Hallo, Papa«, als wäre nichts ungewöhnlich daran, dass er nachts in ihrem Zimmer steht. Wenn sie sich verstellt und nett zu ihm ist, tut er ihr nichts. Aber heute scheint es nicht zu funktionieren, denn er lächelt und schüttelt langsam den Kopf. Als habe er ihr Spiel durchschaut. Und während sie noch dasitzt und sich fragt, ob sie träumt, er ist doch tot, hört sie Orgelmusik wie in einer Kirche, und der ganze Raum ist erleuchtet von Dutzenden Kerzen. Und über ihrer Zimmertür hängt Jesus an seinem Kreuz und schluchzt, und die Engelchen sind winzig klein und fliegen ihr ständig ins Gesicht wie hartnäckige Fliegen. Ihr ist kalt, und sie blickt an sich hinunter und sieht, dass sie nackt ist und voller Blut. Sie schaut zu ihrem Vater auf und sagt: »Bitte, Papa.« Aber er schüttelt immer noch den Kopf und lächelt wissend, und dann hebt er die Hand und bedeutet ihr mit dem Finger, ihm zu folgen.

FREITAG

16 Am Freitagmorgen fand man die junge Frau nicht im Bett vor. Sie hatte sich zwischen die Beine ihres Stuhls gezwängt und kauerte dort in einer Art Embryonalhaltung. Die diensthabende Pflegerin versuchte sie aus ihrer Lage zu befreien. Aber die junge Frau versteifte sich, sie bewegte sich nicht und starrte auf einen fernen, unsichtbaren Punkt auf dem Fußboden.

Später setzte sie sich wieder auf, aber das angebotene Essen rührte sie nicht an.

Am Nachmittag brachte man sie in den Therapieraum. Dort starrte sie schweigend auf einen imaginären Punkt. Dr. Minkowa beobachtete sie eine Weile, dann fragte sie: »Was ist geschehen heute Nacht? Können Sie darüber sprechen?«

Die Ärztin erhielt keine Antwort und überlegte, wie sie die junge Frau aus ihrer Erstarrung erlösen könne. Endlich stand sie auf, setzte sich neben die Patientin und legte ihr die Hand auf den Unterarm. Und begann ihn vorsichtig zu streicheln. Dazu flüsterte sie sehr leise Worte. Ihr zarter, kaum hörbarer Singsang durchdrang die gläserne Stille, und sie konnte spüren, wie sich die junge Frau entspannte, ganz allmählich. Schließlich begann sie leise zu weinen.

17 Der Abend senkte sich über das kleine Zimmer. Sie saß reglos in ihrer Ecke unterhalb des Fensters und beobachtete eine kleine Fliege. Draußen vor dem Fenster schneite es heftig, und sie fühlte fast so etwas wie Geborgenheit beim Anblick des Insekts, das den Winter draußen nicht überleben würde.

Sie versuchte ihre Gedanken zu sortieren. Irgendetwas war völlig durcheinandergeraten. Die Erinnerungen wirbelten durcheinander, und sie wusste nicht genau, welche Augenblicke der Realität entsprachen und welche sie sich nur einbildete. Sie empfand eine große Sehnsucht danach, ihr Leben vor sich ausgebreitet zu sehen. Um zu verstehen. Sie brauchte Klarheit.

Vielleicht ließ die sich in den Gesprächen mit Dr. Minkowa finden.

Sie kauerte auf dem Boden und legte sich schützend die Arme um den Kopf.

Ihre Mutter hatte einmal im Streit zu ihr gesagt:

»Hätte ich dich bloß nicht bekommen, dann wäre uns vieles erspart geblieben.« Damals hatte sie sich schuldig gefühlt, warum, das wusste sie nicht. Heute war ihr klar, dass ihre Mutter recht gehabt hatte.

Sie hob den Kopf und beobachtete die kleine Fliege, die nun an der Zimmerwand hochlief. Sie rückte näher an das kleine Tier heran, es schien geschwächt zu sein und zeigte keine Reaktion. Sie nahm es behutsam zwischen zwei Finger und zerquetschte es.

SAMSTAG

18 Ein Kratzen weckt sie auf. Jemand steht am Fenster und kratzt mit den Fingernägeln an die Glasscheibe. Sie liegt in ihrem Bett und rührt sich nicht, hält die Augen fest geschlossen. Er beobachtet sie. Sie muss sich schlafend stellen, sonst wird er nicht lockerlassen. Sie schwitzt und versucht nicht zu atmen, um besser hören zu können.

Jemand machte sich an der Zimmertür zu schaffen. Der Schlüssel drehte sich langsam im Schloss, und mit einem satten Klacken wurde die Klinke heruntergedrückt. Dann öffnete sich die Tür, ein kleiner Windhauch fuhr über ihr verschwitztes Gesicht.

Der intensive Geruch nach Schweiß, der sich sofort in dem kleinen Raum ausbreitete, machte die junge Frau beinahe glücklich. Vorsichtig öffnete sie die Augen und sah ihre Pflegerin, wie sie sich damit abmühte, das Frühstückstablett auf dem Tischchen abzustellen.

»Zeit aufzustehen, um acht ist Duschen,« sagte die

Pflegerin noch im Hinausgehen, dann schloss sie die Tür hinter sich.

Langsam richtete die junge Frau sich auf und sah hoch zu dem kleinen Fenster. Niemand war zu sehen. Ihr Zimmer lag im vierten Stock, das fiel ihr jetzt ein.

Nach dem Duschen durfte sie in die Bibliothek. Sie lieh sich ein Buch aus. Eine Liebesgeschichte. Vorher hatte sie hinten nachgesehen, ob sie gut ausging. Happy Ends mochte sie nicht. Dieser Roman endete unglücklich, sie nahm ihn mit in ihr Zimmer und las ihn innerhalb weniger Stunden.

Verweint und wortkarg erschien sie nachmittags im Therapieraum.

»Warum lesen Sie ein trauriges Buch, wenn es Ihnen so wehtut?«

»Ich fühle mich dann nicht mehr so allein.«

»Sie erkennen, dass es auch andere Menschen außer Ihnen gibt, die traurig sind?«

»Ja.«

»Als Sie vor einigen Tagen hier ankamen, wirkten Sie nicht so niedergeschlagen. Können Sie mir nicht jemanden nennen, den ich informieren kann, dass Sie hier sind? Dann könnten Sie Besuch empfangen.«

»Nein.«

»Leben Sie in München?«

»Warum?«

»Es wäre hilfreich zu wissen, wer Sie sind.«

»Hilfreich für wen?«

»Letzten Endes für uns alle. Vielleicht möchten Sie ja rasch wieder nach Hause, das geht aber nur, wenn Sie Ihre Identität preisgeben.«

»Ja, ich lebe in München.«

Sie beobachtete ihre nackten Zehen. Seit ihrer Einlieferung hatte sie sich geweigert, Strümpfe und Schuhe anzuziehen.

»Warum wollen Sie keine Schuhe tragen?«

»Dann bin ich schneller.«

»Schneller? Wovor müssen Sie denn weglaufen?«

»Vor mir.«

Die Psychiaterin hielt inne und beobachtete die junge Frau. Sie hatte sich verändert. Ihre Bewegungen wirkten langsamer. Das Gesicht war bleich und ein wenig aufgedunsen, aber ihre Augen bewegten sich ununterbrochen hin und her. Als müsse sie auf der Hut sein vor etwas, das sie verfolgte.

»Sie wirken nervös. Fürchten Sie sich vor etwas? Fühlen Sie sich verfolgt?«

»Nein. Ich kann nur nachts nicht schlafen.«

»Ich könnte Ihnen ein Beruhigungsmittel verschreiben.«

»Das hilft bei mir nicht mehr.«

»Nehmen Sie häufig Tabletten?«

»Ich habe so ziemlich alles geschluckt, was es gibt.«

»Warum?«

»Um zu schlafen.«

»Warum sind Sie müde? Was strengt Sie so an?«
»Ich muss so viel vergessen.«
»Können Sie mir sagen, was zum Beispiel?«
»Die Dunkelheit in mir.«

19

Sturm ist aufgezogen. Er rüttelt an den Fensterläden und pfeift durch den Kamin. Leise klimpern die Perlmuttplättchen ihrer Nachttischlampe. Auf der Terrasse poltert es in regelmäßigen Abständen, wahrscheinlich schlagen die Gartenstühle gegeneinander.

Sie ist elf Jahre alt. Um neun Uhr hat sie ihn ins Bett gelegt, ihm eine Wärmflasche gemacht, ihm Valium und warmes Bier eingeflößt. Er wirkte ruhig und zufrieden auf sie. Sie ist stolz auf sich. Kurz darauf liegt sie in ihrem Bett, warm eingekuschelt und das Steiff-Hündchen fest im Arm.

Da hört sie ein leises Kratzen. Zuerst denkt sie, es komme von draußen, ein Ast scheuere an den Fensterläden. Sie richtet sich auf und sieht eine Gestalt hinter der Glastür. Die Gestalt steht reglos da.

Ein eisiger Schauer läuft ihr über den Rücken, die Angst raubt ihr den Atem. Das Heulen des Sturms ist inzwischen ohrenbetäubend, und das Poltern der Gartenmöbel trifft sie jedes Mal wie ein Schlag.

Plötzlich bewegt sich die Gestalt, wendet sich ab und verschwindet im Dunkel des Wohnzimmers. Als würde sie von einem unsichtbaren Seil gezogen.

Lange sitzt sie aufrecht da und starrt ins Dunkel.

Dann steht sie leise auf, schleicht zur Tür und späht ins Wohnzimmer. Der Vater sitzt reglos in seinem Sessel vor dem Fernsehapparat. Der flackernde Schein des Bildschirms erhellt sein weißes Gesicht, und seine kalten Augen blicken starr durch die Brillengläser. Sie denkt daran, dass sie ihn wieder ins Bett bringen muss, denn am nächsten Tag ist Schule, und sie muss früh raus. Sie ist müde.

»Papa?«, fragt sie leise. Man muss behutsam mit ihm sein. Laute Stimmen machen ihn aggressiv. Aber er reagiert nicht. Wenn er nicht hören will, stellt er sich taub.

Die Fensterläden sind nicht geschlossen. Sie sieht hinaus. Und erschrickt. Es schneit. Der Gartentisch ist von einer dicken Schneeschicht bedeckt. »Papa, wir schneien ein!«, ruft sie ihn an, aber er reagiert nicht. Sitzt starr. Wie ein Geist. Der Sturm tobt, und irgendwo im Haus kracht es fürchterlich. Sie hört den Nachrichtensprecher, der die Menschen davor warnt, ihre Häuser zu verlassen. Dann erlischt das Bild. Es ist stockdunkel. Sie steht da und wagt nicht, sich zu bewegen. Der Schnee treibt in dicken Flocken an die Fensterscheibe, von irgendwoher leuchtet ein fahles Licht. »Papa?«

Stille. Jetzt erkennt sie ihn wieder. Er trägt ein weißes Nachthemd, das über und über mit Blut besudelt ist, und schwebt langsam auf sie zu. Sie versucht ihn anzulächeln, damit er nicht böse auf sie wird. Da schüttelt er sanft den Kopf, als würde er etwas zutiefst bedauern. Seine hellen Augen sehen durch sie hindurch. Dann lächelt er und flüstert: »Hier kommst du nicht mehr raus.« Etwas zerbricht in ihr, und sie schreit aus Leibeskräften nach ihrer Mutter.

Dann erwacht sie. Nachthemd und Bettdecke kleben schweißnass auf ihrer Haut. Sie rührt sich nicht, obwohl sie den Impuls verspürt, sich aufzurichten und die Nachttischlampe einzuschalten. Etwas hält sie davon ab, eine Ahnung, das Gefühl, dass jemand neben ihr sitzt und sie anschaut. Draußen stürmt es immer noch. Als sie plötzlich seine klammen Finger auf ihrer Stirn fühlt, springt sie schreiend auf, läuft durchs Zimmer zur Tür und drückt den Lichtschalter.

Er kniet neben ihrem Bett. Das Nachthemd hat er ausgezogen. Bis auf seine Krawatte und die Strümpfe ist er nackt.

Nachdem sie ihn wieder für die Nacht zurechtgemacht hat, weigert er sich, zu Bett zu gehen. Er spricht von wichtigen Verabredungen und davon, dass es jetzt an der Zeit sei, sich auf den Weg zu machen. Sie muss vorsichtig sein. Wenn er in der falschen Stimmung ist, wird er schnell aggressiv. Sie kauert neben dem Wohnzimmersessel und beobachtet ihn, wie er von Fenster zu Fenster schleicht. Langsam wird er wütend, denn er hat vergessen, wie sie zu öffnen sind.

Er läuft zur Haustür und rüttelt an der Klinke, aber die Tür ist abgeschlossen. Er klopft. Sie sieht auf die Wanduhr. Beinahe Mitternacht. Dann erhebt sie sich mühsam und folgt ihm in den Flur. Als sie sich ihm vorsichtig von hinten nähert, wundert sie sich über seine merkwürdig gebückte Körperhaltung. Er hält etwas in den Händen und scheint daran zu knabbern. Sie kommt näher und blickt über seine Schulter. Langsam dreht er sich zu ihr um und sieht sie an.

Sein Mund ist blutverschmiert. Dann senkt er den Blick und sieht auf ihre Brust. Sie blickt an sich hinab. Ihr Brustkorb ist aufgerissen, und sie blutet aus einem faustgroßen Loch. Sie greift mit den Händen in die Wunde und versucht, die Rippen zusammenzupressen, um nicht zu verbluten. Da hört sie ein leises Klopfen. Rhythmisch. Wie kleine Schritte. Sie blickt zu ihrem Vater hinüber, der immer noch vor ihr steht und sie ansieht. Er lächelt triumphierend und schweigt. Und dann sieht sie, dass das Fleisch in seinen Händen pulsiert. Wie ein Stromschlag durchfährt es sie, als sie begreift, was er isst.

Es ist ihr Herz.

MONTAG

20 Sie setzte sich auf den Stuhl im Therapieraum, sah Dr. Minkowa in die Augen und sagte unvermittelt: »Es jagt mich. Es kommt nachts.«

»Können Sie es beschreiben?«

»Es sind Schritte. Ich kann nicht sehen, wer es ist, weil er immer vor meiner Tür stehen bleibt. Er will rein, aber irgendetwas hindert ihn daran. Solange ich nicht weiß, was ihn hindert, habe ich Angst, dass er irgendwann die Tür öffnen wird.«

»Es ist ein Mann?«

»Ich weiß es nicht. Die Schritte klingen immer sehr schleppend. Wenn sie vor meiner Tür angekommen sind, entfernen sie sich irgendwann wieder. Und dann geht es wieder von vorne los.«

»Haben Sie so was früher mal erlebt? Dass sie auf diese Art verfolgt wurden?«

»Nein.«

»Lassen Sie sich ruhig Zeit. Denken Sie nach.«

»Nein, ich wurde nicht verfolgt. Ich war ja immer zu Hause.«

»Wieso waren Sie immer zu Hause? Haben Sie nie mit anderen gespielt?«

»Ich habe als Kind auf meinen Vater aufpassen müssen. Er war schon ziemlich alt und hatte Alzheimer. Ich konnte ihn keine Minute allein lassen.«

Die Psychiaterin stutzte.

»Wo war denn Ihre Mutter?«

»Sie war Krankenschwester und musste nachts arbeiten.«

Dr. Minkowa blickte sie an, schien zu warten, dass ihre Patientin die Widersprüche zu ihren früheren Aussagen aufklärte.

Nach einer kleinen Pause fuhr die junge Frau fort. Offenbar wollte sie etwas loswerden.

»Manchmal denke ich darüber nach, wie es hätte sein können. Wie meine Kindheit hätte sein können. Das ist dann schön.«

»Aber in Wirklichkeit war sie anders?«

»Wer weiß, was in Wirklichkeit war.«

»Erkannte Ihr Vater Sie denn?«

»Wie meinen Sie das?«

»Wusste Ihr Vater, dass Sie seine Tochter waren?«

»Er hatte mich kennengelernt, als ich schon acht war. Ich weiß es nicht. Ich glaube, da war er schon ein bisschen dement. Später erkannte er mich nicht mehr. Und vielleicht mochte er mich auch nicht besonders, weil ich aufpassen musste, dass er nicht wegläuft.«

»Es ist schade, dass sie so spät zusammenkamen. Das muss schwer gewesen sein.«

»Ich kannte es nicht anders. Die Jahre davor lebte er mit einer anderen Frau zusammen. Die durften wir nicht unglücklich machen, hat meine Mutter gesagt.«

»Wo haben Sie denn die Jahre zuvor verbracht?«

»In einer anderen Stadt, zusammen mit meiner Mutter. Ich kam bei verschiedenen Tagesmüttern unter, weil sie so viel arbeiten musste.« Die junge Frau blickte wieder an die Wand, aber die Stille hielt nicht lange an. Sie sprach weiter. »Als die andere Frau meines Vaters sich dann das Leben genommen hat, sind wir zu ihm gezogen. Da war ich acht.«

»Sie sind in das Haus gezogen, in dem Ihr Vater mit der anderen Frau gewohnt hat?«

»Ja. Es war ein Zweifamilienhaus, mit einem Garten voller Blumen. Im oberen Stockwerk wohnte die Vermieterin und hatte immer ein Auge auf uns. Sie mochte uns nicht besonders, oder zumindest hatte ich das Gefühl, dass sie *mich* nicht mochte. Wir hatten kein Geld für eine andere Wohnung. Mein Vater arbeitete damals schon nicht mehr, und meine Mutter war Krankenschwester.«

»Es war das Haus, in dem sich die erste Frau das Leben genommen hat?«

»Ja. Im Wohnzimmer.«

Die junge Frau hielt inne, dann fügte sie hinzu: »Die Wohnung war klein. Das Kinderzimmer lag zwischen dem Schlafzimmer meiner Eltern und dem Wohnzimmer, in dem sie sich das Leben genommen hatte. Das Wohnzimmer war durch eine gläserne

Schiebetür von meinem Zimmer getrennt. Ich bin da nach Einbruch der Dunkelheit nie freiwillig reingegangen. Der Lichtschalter war am anderen Ende des Raums, und man musste sich im Dunkeln vortasten. Das mochte ich nicht.« Sie stockte. »Die drei Räume gingen auf den Flur hinaus, an dessen einem Ende Küche und Esszimmer lagen und am anderen die Haustür. Bad und Toilette lagen gegenüber den drei Zimmern. Ich sehe das alles noch genau vor mir. Ich weiß auch noch genau, wie die Wohnung roch. Und obwohl ich mich dort nie wirklich geborgen fühlte, hat dieser Geruch etwas Vertrautes, eine Art Sehnsucht für mich.«

»Sie waren oft nachts allein mit Ihrem Vater?«

»Meine Mutter hat immer zwei Wochen gearbeitet, und dann hatte sie zwei Wochen frei. In der Zeit, wo sie arbeiten musste, war ich verantwortlich für meinen Vater.«

»Ich verstehe. Das ist viel Verantwortung für ein kleines Mädchen.«

»Von acht bis zwölf habe ich das gemacht. Dann ist er gestorben.«

Sie machte eine neuerliche Pause und starrte auf ihre nackten Füße.

»Sie sind wieder barfuß?«, frage Dr. Minkowa.

»Ja, die Umgebung hier macht mir Angst. Ich fühle mich irgendwie ausgeliefert. Ich muss immer aufpassen, dass es mich nicht kriegt. Denn wenn es mich packt, bin ich nicht mehr ich selbst. Dann bin ich jemand anderer. Ich musste oft vor meinem Vater in den Garten flüchten, da blieb keine Zeit, Schuhe anzuziehen. Manchmal, im Winter, blieb ich so lange ohne Schuhe im Garten, bis meine Mutter abends aufstand, um zur Arbeit zu gehen. Da hab ich mich dann wieder reingetraut, aber die Füße waren blaugefroren.«

»Sie sagten, Sie werden auch heute noch manchmal zu jemand anderem. Was tun Sie dann als dieser andere?«

»Es ist wie ein Strudel. Ich höre den hohen Ton und sehe Blitze. Dann bekomme ich keine Luft mehr.«

»Wann hat das angefangen?«

»Weiß nicht. Mit zwölf vielleicht.«

DIENSTAG

21 »Was haben Sie gelernt, was interessiert Sie? Womit haben Sie die letzten Jahre Ihr Geld verdient?«

»Ich hatte alle möglichen Jobs. Zuerst Kellnerin, dann Verkäuferin, und zuletzt bin ich anschaffen gegangen.«

»Sie haben als Prostituierte gearbeitet?«

»Vielleicht seit sieben Jahren. Ich habe nur Kunden, die ich akzeptiere, das ist ein ziemliches Privileg in dem Job. Das hab ich mir im Lauf der Zeit erarbeitet. Ich verdiene jetzt genug, um mir keine Sorgen mehr machen zu müssen. Zumindest glaube ich das.«

»Haben Sie Ihrer Mutter davon erzählt?«

»Wovon?«

»Dass Sie als Prostituierte arbeiten?«

»Meine Mutter ist tot. Aber der hätte ich das sowieso nicht gesagt. Die hat auch nie nachgefragt, womit ich mein Geld verdiene.«

»Sie hatten kein enges Verhältnis zu Ihrer Mutter?«

»Früher schon, als ich klein war. Später haben wir uns nur noch um meinen Vater gekümmert.«

»Wieso haben Sie ihn zu Hause behalten, wenn er so krank war?«

»Wir hatten kein Geld für eine Pflege. Und weggeben wollte ihn meine Mutter nicht.«

»Konnten Sie regelmäßig zur Schule gehen?«

»Ja, ich kam später sogar aufs Gymnasium. Aber als die Krankheit meines Vaters schlimmer wurde, konnte ich mich in der Schule nicht mehr konzentrieren, und als er tot war, bin ich erst mal abgehauen und hab mir meine Freiheit zurückgeholt. Das war dann so mit vierzehn.« Sie blickte Dr. Minkowa in die Augen. »Für mich war das eine Erlösung, der Tod meines Vaters. Ich hätte das nicht mehr lange ausgehalten.«

»Was ausgehalten?«

»Die schlaflosen Nächte. Wenn meine Mutter nachts im Krankenhaus war, hab ich auf ihn aufgepasst. Alzheimerkranke schlafen nicht. Und manche sind aggressiv. Mein Vater war aggressiv. Als er endlich tot war und abgeholt wurde, hat meine Mutter furchtbar geweint. Aber warum hat sie geweint? Das Leben mit ihm war eine Qual. Ich nehme ihr das bis heute übel, denn wenn man sich liebt, tut man das doch zu Lebzeiten und nicht erst, wenn einer stirbt. Also zu Lebzeiten haben sie fast immer gestritten, weil er ja alles kaputtgemacht hat. Keine Ahnung, warum sie sich keinen Jüngeren ausgesucht hat. Er war dreißig Jahre älter als sie.

Die Sargträger haben meinem Vater den Kiefer zusammengebunden, damit der nicht immer wegklappte, das passiert bei Toten, dass der Mund dann so aufsteht.

Die Augen gingen auch nicht richtig zu. Ich hab ihm dann im Sarg seine Brille auf die Brust gelegt, damit er im Himmel was sehen kann. Ich glaube schon, dass er trotz allem im Himmel gelandet ist. Er war ja am Schluss nicht ganz klar im Kopf. Er wusste nicht, dass er uns das Leben zur Hölle gemacht hat. Die Sargträger klappten also den Deckel drüber und machten alles zu. Dann wollten sie durch die Schlafzimmertür und merkten zu spät, dass der Sarg viel zu breit war. Zum Glück war meine Mutter schon an der Haustür, sonst hätte das alles ewig gedauert. Sie hätte bestimmt nicht erlaubt, dass man den Sarg mit meinem Vater drin seitlich kippt, damit er durch die Tür passt. Die Männer jedenfalls sahen mich kurz an und drehten dann das Teil, im Innern polterte es furchtbar, und die Männer schlüpften schnell mit ihm raus. Ich weiß noch, dass ich nur darüber nachdachte, ob er seine Brille wiederfinden würde, weil die ja jetzt bestimmt von seiner Brust gerutscht war.«

Die junge Frau schien erleichtert, dass nun alles aus ihr heraussprudelte und ihr jemand zuhörte. Vielleicht begann sie Dr. Minkowa zu vertrauen. »Bei der Beerdigung kamen dann doch noch ein paar Freunde meines Vaters zusammen, obwohl die sich lange nicht mehr hatten blicken lassen. Wozu auch, er hatte sich ja an nichts und niemanden mehr erinnern können. Ich lief neben meiner Mutter hinter dem Mann her, der die Urne trug, und versuchte die ganze Zeit über, ernst und betroffen zu wirken. Dabei fand ich die Szene zum Brüllen komisch. Mein Vater in einer Vase.«

Sie verstummte und senkte ihren Blick in die unsichtbare Flusslandschaft an der Wand.

»Ich würde wirklich gern sagen, dass ich um meinen Vater getrauert habe. Aber eigentlich bin ich nur froh, dass er weg ist. Noch heute.« Die junge Frau schwieg. Dann fuhr sie leise fort. »Ich hatte vor einiger Zeit einen Kunden, der hat das auch mit mir gemacht.«

»Was meinen Sie?«

»Sich auf mich draufgesetzt. Den hab ich danach nicht mehr genommen. Ich hab mich zuerst gewehrt und bin dann völlig erstarrt. Ich konnte mich einfach nicht mehr bewegen, hab auch nichts mehr gesagt, sondern nur noch an die Decke geguckt, bis er gegangen ist. Das Geld, das er auf den Nachttisch gelegt hatte, hab ich in den Abfalleimer geschmissen. Das war schon merkwürdig. Ich konnte es einfach nicht nehmen. Obwohl ich es dringend gebraucht hätte.«

MITTWOCH

22 Die beiden Pfleger saßen vor dem Fernsehapparat im Schwesternzimmer und erhoben sich widerwillig, als der Schrei ertönte. Sie hatten eine Quizsendung gesehen und waren gespannt auf das bevorstehende Finale. Sie blickten auf den Monitor. Das Bild der Überwachungskamera von Zimmer Nummer acht war unscharf, es war das Zimmer der jungen Frau, deren Namen niemand kannte, die keine Strümpfe und Schuhe trug.

Der jüngere Pfleger ging zur Tür. Er war erst seit zwei Monaten dabei, kannte sich aber seiner Meinung nach besser mit den Patienten aus als der Rest der Belegschaft. »Na, dann wollen wir doch mal sehen, wo's heute juckt.«

Die junge Frau saß in der Ecke ihres Zimmers und schrie zornig und verängstigt zugleich. Sie hatte sich das Nachthemd zerrissen und hielt ihre linke Brust. Sie bemerkte nicht, wie der Pfleger das Zimmer betrat, denn den Blick hielt sie starr geradeaus gerichtet, als würde sie von etwas Unsichtbarem bedroht.

»Na, junge Frau, wo brennt's denn?«, fragte der Pfleger und näherte sich der Frau vorsichtig. Er wirkte ein bisschen eingeschüchtert von der Unbedingtheit ihres Schreiens. Schließlich packte er die junge Frau an den Schultern und schüttelte sie sanft. Und plötzlich kam sie wieder zu sich, blicke den Pfleger mit aufgerissenen Augen an. Sie atmete schwer.

Er beobachtete, wie sie vornüberkippte und reglos auf dem Boden liegen blieb. Sie hatte das Bewusstsein verloren.

»Meine Güte!«, entfuhr es dem Pfleger. Er rannte zurück ins Schwesternzimmer und alarmierte den Bereitschaftsdienst.

Nach kurzer Behandlung verließ der Arzt das Zimmer der Patientin, die jetzt reglos auf ihrem Bett lag und endlich Schlaf gefunden hatte.

23

»Sie hatten keine schöne Nacht heute, nicht?«

Die Psychiaterin saß vor ihr und blickte sie an. »Wovon haben Sie geträumt? Können Sie sich erinnern?«

Die junge Frau stützte sich mit den Ellenbogen auf den Knien ab und vergrub das Gesicht in den Händen. Sie wirkte müde und unkonzentriert.

»Ich weiß nie, ob ich wach bin oder schlafe, wenn es kommt.«

»Träumen Sie von Ihrem Vater?«

»Ja.«

»Seit wann haben Sie diese Träume?«

»Schon lange. Bestimmt seit seinem Tod.«

»Möchten Sie von dem Traum erzählen?«

»Nein.« Sie ergriff eine ihrer Locken und drehte sie langsam um den Zeigefinger. Dann steckte sie das Ende der Haare in den Mund und kaute darauf herum. »Ich hatte mal eine Zeit als junges Mädchen, da konnte ich nicht mehr vor die Tür gehen. Schwergefallen ist mir das schon immer. Ich bin zum Beispiel im Sommer immer gern zu Hause geblieben, weil ich die nackten Körper und die Gerüche der Menschen nicht ertrug. Aber irgendwie hatte ich es dann doch immer geschafft, mich zusammenzureißen.

An einem Tag hatte ich wieder früh mit dem Trinken begonnen. Ohne Alkohol kam ich nicht recht auf die Beine. Und trotzdem konnte ich mich an dem Tag nicht bewegen. Ich war wie gelähmt vor Angst.

Ich hab mich dann den Tag über mit Wodka über Wasser gehalten. Abends hab ich dann versucht, mir die Pulsadern aufzuschneiden. Ich hatte schon früher an mir rumgeschnitten, aber nicht richtig. Jetzt war es mir ernster, ich hatte gehört, dass Wasser gut ist, und deshalb wollte ich rüber zum Klo und versuchen, mich unter fließendem Wasser zu schneiden. Das Klo lag auf dem Gang, ich lebte in so einer Art Frauenwohnheim in der Hohenzollernstraße, das war das Einzige, was ich mir leisten konnte. Aber ich war so zugedröhnt und aufgekratzt, dass ich vergessen habe, die Tür zuzumachen, und wurde im letzten Moment von einer Nachbarin gefunden. Die hat den Notarzt gerufen. Im OP haben sie meine Schnitte mit dreizehn Stichen genäht. Danach kam ich in die Geschlossene.

Ich konnte mit niemandem reden, weil ich nicht wusste, warum es mir so schlecht ging. Weil ich glaube, dass Menschen sich nicht füreinander interessieren. Nicht wirklich. Dass alle nur für sich leben. Meine Mutter hatte ja immer genug mit sich selbst zu tun. Das war ungefähr fünf Jahre nach dem Tod meines Vaters, und meine Mutter sprach immer davon, dass sie sich sowieso irgendwann das Leben nehmen würde, und las ständig Bücher wie *Lassen Sie der Seele Flügel wachsen* und so einen Kram. Ich fand das irgendwie lustig. Denn dass das nichts nützen würde, hab ich geahnt.

Manchmal denke ich daran, wie es war, als wir noch allein zusammenlebten. Also vor der Zeit mit meinem Vater. Da hatte ich sie ganz für mich. Als mein Vater dazukam, konnten meine Mutter und ich nicht mehr zusammen sein. Der hat sich immer zwischen uns gedrängt, und meine Mutter wollte es allen recht machen. Wenn er mich verhauen hat, hat sie immer nur geschrien, sie tat so, als würde sie die Schläge abbekommen. Dabei lag ich doch am Boden.

Sie hat mich nie gefragt, wie die Nächte mit meinem Vater waren. Was wirklich passiert ist.

Und von allein konnte ich wohl nichts erzählen, ich schämte mich und wollte auch nichts falsch machen, damit sie stolz auf mich war. Darauf, dass man sich so gut auf mich verlassen konnte, obwohl ich noch so klein war.«

Sie dachte nach.

»Ich traue mich sonst auch nie zu sagen, was ich wirklich denke. Das hat sich früh bei mir eingeprägt. Dass man besser durchs Leben kommt, wenn man die Klappe hält.«

»Können Sie Ihre Mutter beschreiben?«

»Meine Mutter war wunderschön. Sie war groß und schlank und hatte lange Beine. Wenn sie mir abends Schlaflieder vorsang, war das, als würde ein Engel durchs Zimmer fliegen. Und trotzdem ... Vielleicht hat es nicht nur an meinem Vater gelegen, dass alles kaputtging.«

»Können Sie das erklären?«

»Vielleicht hat sie einen Teil meiner Kindheit aus mir rausgeschnitten, als sie gemerkt hat, dass sie es allein mit meinem Vater nicht schafft.«

»Ihre Mutter war überfordert, das war nicht gegen Sie gerichtet.«

»Ist mir egal, gegen wen das gerichtet war. Ich hoffe, die schmoren beide in der Hölle.«

24 Schon als Jugendliche hatte sie ein Gespür dafür entwickelt, wie sie an Geld kommen konnte. Mit dreizehn, nach dem Tod des Vaters, schloss sie sich einer Clique an, die ab und zu kleine Brüche machte. Da fiel immer was ab. Zusätzlich gab sie Flötenunterricht. Sie hatte immer am meisten Geld von allen. Wenn ihre Mutter abends zur Nachtschicht ging, kamen ihre Freunde, und sie bekochte alle. Reis mit Dosengemüse. Ihr Vater hatte neben unzähligen Büchern ein paar Kisten Wein hinterlassen. Das war dieser Glykolwein, von dem manche damals blind wurden. So hieß es zumindest in der Zeitung. Später war sie das erste Mädchen in ihrer Schule, das eine Honda Dax fuhr. Sie hatte in den Ferien im Supermarkt und als Putzfrau im Krankenhaus gejobbt. Sie fuhr schon mit fünfzehn mit ihrem Mokick rum, ohne Helm und meistens betrunken oder bekifft. Sie ging auch nur noch in die Schule, um zu zeigen, dass es sie noch gab, oder einfach, um mal auszuschlafen.

Sie fiel durchs Abitur und fing in München als Kellnerin an. Irgendwann kam ihr die Idee, es als Fotomodell zu versuchen. Dünn genug war sie ja. Sie suchte in der Zeitung nach entsprechenden Anzeigen und war überrascht, wie viele Modelle pro Tag gesucht wurden. Ziemlich schnell bekam sie einen Termin zu Probeaufnahmen. Als der Fotograf sie bat, sich nackt auszuziehen, wurde ihr klar, dass sie da irgendwas durcheinandergebracht hatte. Sie machte dann aber trotzdem mit. Als sie nach dem Shooting fünfzig Mark für die Setkarte dalassen musste, war es mit der ersten Begeisterung vorbei.

Schritte auf dem Flur der Psychiatrie unterbrachen ihre Gedanken, und sie kroch unter die Bettdecke. Ihr war kalt, und sie wollte niemanden sehen. Sie umschloss die angewinkelten Beine mit den Armen und presste das Gesicht an ihre Knie.

Der Fotograf hatte sich nie wieder bei ihr gemeldet, und sie jobbte erst mal weiter als Bedienung. Später verhökerte sie auf der Straße für eine Scheinfirma billige Kosmetika zu Wucherpreisen. Die Mädchen, mit denen sie zusammenarbeitete, schafften alle nebenbei an. Nach kurzer Zeit waren sie eine eingeschworene Gemeinschaft, fast wie eine Familie. Die Mädchen schwärmten von ihrem Zweitjob, und irgendwann war sie neugierig geworden und wollte sich das gern mal ansehen.

Eine Freundin organisierte mit ihrem Stammkunden und einem guten Bekannten ein Abendessen beim

Chinesen. Und obwohl sie chinesisches Essen nicht mochte, weil die Chinesen auch Hunde und Affen essen, ging sie mit, um sich die Männer aus der Nähe anzugucken. Die waren nett, luden sie beide ein, und später gingen sie mit ihnen auf ein Hotelzimmer.

Hundert Mark hatte ihr das damals eingebracht. Später gab sie immer einen Teil ihres Verdiensts an Robert, den Chef des Kosmetikunternehmens. Der hatte sich mit ihr in einem Lokal in Flensburg zusammengesetzt, wo sie an der dänischen Grenze Parfüm an Busreisende verhökern sollte, und beschrieb ihr die Gefahren, die in dem neuen Job auf sie lauern würden, bis ins kleinste Detail. Sie fand es schön, dass jemand sich Sorgen um sie machte und auf sie aufpassen würde. Und deshalb hatte sie eingewilligt, pro Freier dreißig Mark an ihn abzugeben. Im Gegenzug würde er passende Männer für sie aussuchen.

Es dämmerte, und in ihrem Zimmer wurde es rasch immer dunkler. Sie wollte nicht an die kommende Nacht denken und versuchte, sich auf ihre Erinnerung zu konzentrieren.

Dummerweise war Robbie ziemlich bald aufgeflogen. Zumindest hatte sie das angenommen, denn die Telefonnummer, die er ihr gegeben hatte, um neue Klientinnen auszumachen, wie er es nannte, existierte plötzlich nicht mehr. Von ihren Freundinnen hatte sie keine Nummern. Das war nicht erlaubt. Von einem Tag auf den anderen war die Verbindung zu ihnen gekappt und sie wieder allein.

Also jobbte sie wieder als Kellnerin in einem Nachtcafé und hatte dadurch gute Kontakte zu zahlungskräftigen Kunden. Mit der Zeit baute sie sich eine Stammklientel auf und wurde häufig weiterempfohlen. Irgendwann hatte sie eine Eigentumswohnung angezahlt und sich rundum versichert. Eigentlich war das Leben in dieser Zeit ganz angenehm gewesen. Zumindest hatte sie genug Geld gehabt, um sorgenfrei zu leben. Und das Geld nahm ihr sogar einen Großteil der Angst, die sie immer begleitet hatte. Es gab ihr das Gefühl, etwas wert zu sein, eine Bedeutung zu haben.

Lange lag sie da und starrte an die Decke ihres Zimmers. Das grünliche Licht machte sie schläfrig.

Warum war sie dann hier?

Während sie darüber nachdachte, dass der Zeitpunkt ihrer Einweisung vielleicht genau der richtige war, bevor sie endgültig seelisch vor die Hunde gegangen wäre, schlief sie ein.

DONNERSTAG

25 Am 25. November ging bei der Polizeidienststelle Grünwald ein Anruf ein. Einem Anwohner war ein dunkelblauer Mini Cooper aufgefallen, der seit einigen Tagen vor seinem Haus parkte. Bei näherem Hinsehen hatte er erkannt, dass das Auto nicht abgeschlossen war. Der Schlüssel steckte, und unter dem Vordersitz befand sich eine Geldbörse mit dem Ausweis einer jungen Frau. Da er fürchtete, sie sei einem Verbrechen zum Opfer gefallen, hatte er umgehend die Polizei alarmiert.

Das Datum, an dem der Wagen das erste Mal die Aufmerksamkeit des Mannes erregt hatte, stimmte mit dem überein, an dem Wilfried Ott ermordet aufgefunden worden war.

Die Papiere gehörten einer Manuela Scriba, wohnhaft in München, Schleißheimer Straße.

Auf das Klingeln der Polizisten öffnete niemand. Eine Nachbarin sagte aus, sie habe die junge Frau schon seit geraumer Zeit nicht mehr gesehen. Familie habe sie wohl nicht, und nähere Bekannte habe sie vor der Wohnung auch nie gesehen. Die Frau lebe sehr zurückgezogen. Auf die Frage, ob sie einer Arbeit nachgehe, wusste die Nachbarin keine Antwort.

Das Auto wurde zur Sicherung der Spuren beschlagnahmt.

26

»Wenn Sie nicht zu Hause gearbeitet haben und auch nicht in einer Festanstellung, wie haben Sie es dann gemacht?«

Die Psychiaterin saß vor ihr. Sie hatte die Beine übereinandergeschlagen und sah die junge Frau freundlich an.

Sie antwortete, ohne zu zögern:

»Ich habe einen Deal mit Rosalynn, der Chefin eines kleinen Puffs. Da kann ich nach Absprache ein Zimmer haben. Ich arbeite meistens tagsüber, da sind die Kunden nicht besoffen, und es geht schneller, weil sie wieder zur Arbeit müssen. Ich habe viele Stammkunden, die in der Mittagspause kurz Entspannung suchen. Ich weiß genau, was die brauchen, und kann sie ein bisschen runterholen. Ich bin gewissenhaft, was meine Kunden angeht. Ich will, dass die danach wirklich dankbar sind. Ich will sehen, dass ich was geschafft habe, dann fühle ich mich für einen kurzen Moment unangreifbar. Ich mag das Gefühl, gebraucht zu werden.«

Sie hielt inne und presste die Lippen aufeinander. Dann gab sie sich einen Ruck und fuhr fort.

»Rosalynn hält immer ein spezielles Zimmer für mich frei, in dem ich mich wohlfühle. Es fällt mir schwer, gut zu arbeiten, wenn das Umfeld nicht stimmt. Ich brauche eine vertraute Umgebung, sonst dreh ich am Rad. Mein Zimmer hat die Nummer sieben. Die Sieben ist ja eine magische Zahl. Die birgt ein Glück in sich, das irgendwann aufbricht. Man muss nur lange genug warten können. Dachte ich jedenfalls.

Das Zimmer hat ein Fenster zum Feld raus. Die der anderen gehen zur Straße oder zum Innenhof. Der Blick aufs Feld gibt mir Kraft. Das ist so karg da draußen und so still, da finde ich mich wieder, wenn ich rausgucke. Da bin ich dann nicht mehr so einsam mit mir, die Natur gibt mir Kraft. Das war schon immer so. Vor allem die Blumen. Die Wände sind dunkelrot mit lila. Das sind meine Lieblingsfarben. Über dem Bett ist ein Spiegel angebracht und drum herum kleine Lämpchen, die man dimmen kann, wenn ein Kunde es lieber kuschelig mag.

Ich trinke vor den Terminen immer Wodka, um mich sicherer zu fühlen. Ich bin einfach mutiger, wenn ich was intus hab. Warum soll man sich das Leben unnötig schwer machen.«

Dr. Minkowa blickte ihr nur in die Augen und lächelte sie an. Und das schien genau das zu sein, was die junge Frau so lange vermisst hatte.

Denn sie redete weiter. »Ich schäme mich so dafür.«

»Das müssen Sie nicht. Es ist schön zu sehen, dass Sie sich darum bemühen, das Schweigen in Ihnen zu brechen.«

FREITAG

27 Die Therapeutin betrachtete sie schweigend. Ein schmaler Sonnenstrahl, der sich einen Weg durch die Wolken gebahnt hatte, schien in das rötliche Haar ihrer Patientin. Ein kleines Leuchtfeuer.

»Gestern erzählten Sie aus der Zeit, als sie begannen, Ihren Beruf auszuüben. Gab es da Begegnungen, an die Sie manchmal zurückdenken?«

»Eher weniger.«

Sie mochte nicht darüber sprechen, aber dann fiel ihr doch etwas ein. »Na ja, einen gab es, der war ganz nett. Der Karl. Der war ziemlich spendabel. Der ist schon mindestens siebzig, hat aber immer noch Spaß. Ich hatte den in Verdacht, dass er heimlich Viagra genommen hat. Das war nicht normal mit dem. Der konnte ständig und auch mehrmals. Manchmal hatte ich schon Angst, dass der irgendwann tot umkippen würde, weil er sich immer so aufgeregt hat.

Der Karl hat mich schon mal mit nach Italien genommen. Nach Rimini. Er hat für irgendeinen Reisekonzern gearbeitet und musste ein Hotel abchecken. Das war ziemlich interessant. Ich war davor noch nie am Meer gewesen, das hat mich schwer beeindruckt. Leider war die Reise im März und das Wasser zu kalt, aber schön war's trotzdem. Wie Ferien eigentlich. Obwohl ich, wenn ich ehrlich bin, davor noch nie echte Ferien hatte, weil ich ja immer Geld verdienen musste, also weiß ich eigentlich gar nicht, wie Ferien aussehen. Der Karl nannte mich seinen Gleitschutz. Ich hab den Witz damals nicht verstanden. Es war wohl eine Abkürzung für Begleitschutz, und er ist vor Lachen fast kollabiert. Aber er war extrem spendabel und erinnerte mich von seiner Statur her an meinen Vater.«

Sie knibbelte an ihren Fingerkuppen. Dann umschlang sie sich wieder mit den Armen.

»Er war der Erste, dem ich vom Tod meiner Mutter erzählt habe. Natürlich lag das auch daran, dass er genau an dem Tag einen Termin bei mir hatte. Aber es war trotzdem tröstlich, jemanden zum Reden zu haben. Also, nicht dass wir jetzt viel geredet hätten, wir hatten ja anderes zu tun, und natürlich hatte Karl ein Recht auf ein bisschen Entspannung. Aber es hat mir gutgetan, sagen zu können, dass es mir an dem Tag nicht so gut ging, weil meine Mutter sich gerade erst die Pulsadern aufgeschnitten hatte.«

»Wann hat sich Ihre Mutter das Leben genommen?«

»Da war ich Anfang zwanzig.«

Dr. Minkowa schwieg. Dann fragte sie: »Vermissen Sie Ihre Mutter?«

»Manchmal. Sie hat sich, glaube ich, nie richtig für mich interessiert. Also, sie hat nicht gesehen, dass ich sie gebraucht hätte. Sie war ja auch immer weg.«

Sie machte eine Pause und begann, eine Haarsträhne um ihren Zeigefinger zu wickeln. Immer wieder. Dann sagte sie: »Es war für mich ein ziemlicher Schock, als ich den Anruf bekam. Und das werde ich ihr nie verzeihen. Dass sie sich so aus dem Staub gemacht hat. Irgendwie dachte ich auch, da hätte ich doch zehnmal mehr Grund gehabt. Ich war nicht direkt eifersüchtig, dass sie es geschafft hatte, aber ich nahm es ihr übel, mich zurückgelassen zu haben, ohne je mit mir über meine Scheißkindheit zu reden.«

Sie stockte. Offensichtlich war sie selbst überrascht davon, diesen Satz ausgesprochen zu haben.

»Hatten Sie, bevor Sie mit Ihrer Mutter zu Ihrem Vater gezogen sind, viele Freundinnen? Glauben Sie, dass Sie vor dem Umzug glücklich waren?«

»Keine Ahnung.« Sie überlegte. »Doch. Ich war eigentlich schon glücklich. Ich war frei. Ich konnte tun und lassen, was ich wollte. Rausgehen, wenn ich dazu Lust hatte, heimkommen, wann ich wollte. Bis auf die festen Essenszeiten bei meiner Tagesmutter. Da war sie erbarmungslos.

Freundinnen hatte ich schon auch, aber die anderen Eltern wollten vielleicht auch lieber Kinder im Haus, mit deren Eltern sie mal abends zusammensitzen konnten. Meine Mutter hat sich da immer vor gedrückt. Die empfand ihr Leben ohne Mann als Makel. Waren auch andere Zeiten früher, war sicher nicht leicht für meine Mutter, nein, ganz sicher nicht.«

»Haben Sie sehr darunter gelitten? Fühlten Sie sich benachteiligt?«

»Nein. Ich fühlte mich da noch von meiner Mutter geliebt, obwohl ich sie selten gesehen habe. Mehr brauchte ich nicht zum Leben. Ich hätte mir auch die Liebe meines Vaters gewünscht. Ich hab ihm das übel genommen, dass er mich nicht kannte, dass er mich nicht kennenlernen wollte, als wir noch nicht bei ihm lebten. Später war es dann zu spät.«

Sie hielt einen Moment inne, bevor sie weitersprach: »Hätte ich ihn nie kennengelernt, hätte er sicher nicht so eine Macht über mich.«

Dr. Minkowa sah sie ernst an. »Hat er noch immer Macht über sie?«

»Ja, das hat er. Sehr große.«

MONTAG

28 »Ich hab ihm wehgetan. Ihn geschlagen, als er sich nicht mehr wehren konnte. Einmal, als er unbedingt tagsüber ins Schlafzimmer wollte, um meine Mutter aufzuwecken, habe ich ihm so in die Eier getreten, dass er ohnmächtig zusammengeklappt ist. Manchmal hab ich ihn mit dem Springseil an den Sessel vor dem Fernseher gebunden, damit er nicht ständig alles kaputt machte.

Ich konnte nicht mal meine Hausaufgaben nach der Schule machen, weil er einem keine Ruhe ließ und mich ständig beschimpfte, ich solle ihm die Türen aufschließen. Das Problem war nur, schloss ich ihm die Türen auf, war er weg, und dann bekam ich wieder Ärger mit meiner Mutter. Am schlimmsten war die Zeit, als er nicht mehr wusste, wo man reinpinkelt. Er pinkelte ständig, überallhin, nur nicht ins Klo.«

Die junge Frau brach ab. Eine Träne lief an ihrer Wange hinab. Sie wischte sie rasch mit dem Handrücken weg. Anscheinend wollte sie nicht weinen.

»Nachts rannte er durch die Wohnung, weil er sich

eingenässt hatte, bis ich aufstand, um das Bett neu zu beziehen und ihm ein frisches Nachthemd anzuziehen. Ich war damals ungefähr elf Jahre alt, und ich hätte das alles wahrscheinlich besser gemacht, wenn er noch meinen Namen gewusst hätte oder überhaupt, dass ich seine Tochter war. Aber er kannte nur meine Mutter. Das hat mich eifersüchtig gemacht, denn ich kümmerte mich ja genauso viel um ihn und wischte genauso viel Pisse weg. Und ich mochte ihn nicht, weil meine Mutter sich nur noch um ihn kümmerte, wenn sie mal freihatte. Er drängte sich immer in den Vordergrund, und manchmal bezweifelte ich, ob er wirklich so krank war oder ob er sich nur in den Vordergrund spielen wollte, um mir eins auszuwischen.«

Es wurde dunkel im Zimmer. Draußen begann es zu regnen, und ein paar Tropfen klatschten gegen die Scheibe des Fensters.

»Er mochte mich nämlich auch vor seiner Krankheit nicht. Ich war aus Versehen entstanden, also ein Unfall, und er blieb bei seiner alten Familie, ohne sich um uns zwei zu kümmern. Als dann die erste Ehe zerbrach, kamen wir an die Reihe. Da war ich aber eben schon acht und kannte ihn nicht, und ein Jahr später war er schon in seiner eigenen Welt.« Sie lächelte. »Ich lerne immer Nummernschilder auswendig, wenn ich unterwegs bin, weil ich mal gelesen habe, dass das Trainieren des Gedächtnisses einen vor dieser Krankheit bewahrt. Außerdem, denke ich, kann ein Autonummerngedächtnis einem gute Dienste leisten, wenn zum Beispiel mal ein Unfall passiert und einer Fahrerflucht begeht. Man weiß ja nie, was alles passieren kann. Ich versuche immer auf alles vorbereitet zu sein, damit mich nichts mehr überraschen kann.«

»Wie sieht das praktisch aus, was tun Sie dafür?«

»Zum Beispiel räume ich immer penibel meine Wohnung auf, bevor ich ausgehe. Damit im schlimmsten Fall keiner denken kann: Mann, war das eine Schlampe. Und auch wenn ich nicht von Berufs wegen immer meine Beine und meine Scham rasieren müsste, würde ich es täglich machen, auch wenn es mich manchmal nervt. Einfach, um gepflegt auszusehen, wenn mich einer totfährt.

Ich hasse sowieso nichts mehr als ungepflegte Menschen. Männer, die untenrum riechen, schicke ich immer erst mal ins Bad. Das tue ich mir nicht an. Bei Gerüchen bin ich zimperlich. Ich mag auch nicht, wenn irgendwelche Leute mein Bad benutzen. Obwohl das eher selten ist, eigentlich kommt niemand zu Besuch. Danach sprühe ich immer wie verrückt mit Desinfektionsspray rum. Und Türklinken, vor allem die von WCs, fasse ich nur mit einem Tuch an oder mit dem Ärmel, je nachdem, was ich gerade zur Hand habe. So gesehen ist es schon komisch, dass ich ausgerechnet eine Arbeit habe, wo man sich vergleichsweise nahekommt. Am liebsten sind mir sowieso die Kunden, die nur gucken und sich dabei einen runterholen. Ich erzähle denen schön versaute Geschichten, dann kommt's ihnen ganz schnell. Da kriegen die sich gar nicht mehr ein. Einer möchte immer gewickelt und ein bisschen verhauen werden. Das kann ich beides mit links. Vor allem das Wickeln geht ratzfatz, das hab ich immer daheim mit meinem Vater geübt.« Sie sah Dr. Minkowa fragend an. »Hören Sie noch zu?«

»Wie bitte?«

»Ob Sie noch zuhören, Sie gucken so komisch.«

»Nein, ich höre Ihnen zu.«

»Warum gucken Sie dann so?«

»Wie gucke ich denn?«

»Weiß nicht. Abwesend. Soll ich aufhören?«

»Nein. Ich höre Ihnen zu. Es tut mir leid, wenn es so aussieht, als ob ich nicht zuhören würde.«

»Ich kann ja auch was anderes erzählen. Oder ich gehe einfach, wenn ich Sie langweile. Ich weiß ja nicht, was Sie sonst so zu hören kriegen. Vielleicht Spannenderes.«

»Es geht nicht um Spannung. Ich höre Ihnen zu und versuche, das Geschilderte vor mir zu sehen. Ich höre Ihnen sehr genau zu.«

»Ich will eigentlich auch gar nichts mehr erzählen. Es war sowieso schon alles zu viel. Ich habe noch nie jemandem aus meinem Leben erzählt.«

»Es geht nicht darum, besonders originell zu sein. Ich langweile mich nicht. Ich wundere mich, wie Sie das alles als Kind ausgehalten haben.«

Die Pause danach schien endlos. Das Gesicht der jungen Frau wirkte mit einemmal wächsern und ausdruckslos. Wie eine Maske. Und ihre kleinen Pupillen stachen aus dem Eismeerblau ihrer Augen heraus wie Nadelspitzen und bohrten sich kalt und forschend in die Augen ihrer Ärztin.

DIENSTAG

29 »Welches Verhältnis haben Sie zu Rosalynn? Vermissen Sie sie?«

»Ein bisschen. Obwohl, vermissen wäre zu viel gesagt. Ich denke manchmal an sie. Sie war wie eine Mutter zu mir, obwohl sie höchstens fünfzig ist. Sie bedient das Telefon im ›Paradies‹, kümmert sich um die Wäsche, die Getränke, besorgt das Essen für die Mädels, die dort fest arbeiten, die Badezusätze, die Öle. Und sie hat immer ein offenes Ohr, wenn mal eine traurig ist oder Ärger hat. Sie selbst arbeitet kaum noch im Job. Sie hat ziemliche Probleme mit den Bandscheiben, da kann sie nicht so locker sein, wie sie müsste. Aber es macht ihr nicht viel aus, sie ist ja auch nicht mehr die Jüngste. Außerdem ist sie verheiratet, und ihr Mann weiß, glaube ich, nicht so genau, wo sie ihr Geld verdient.«

»Wem gehört das ›Paradies‹?«

»Brando.«

»Wie?«

»Brando. Der heißt so, weil er aussieht wie der

Schauspieler Marlon Brando. Den kennen Sie ja sicher.«

Sie fixierte die Psychiaterin lustlos. Heute ging Dr. Minkowa ihr auf die Nerven mit ihrer Fragerei.

»Und, wie ist ›Brando‹ so?«

»Machen Sie sich lustig über mich?«

»Nein. Warum?«

Die junge Frau sah aus dem Fenster. Dann sagte sie leise: »Der ist okay, kommt aber nicht so oft vorbei, weil er noch andere Baustellen hat, aber wenn's mal Ärger gibt, schickt er sofort jemanden rüber, um für Ordnung zu sorgen. Das geht in Minutenschnelle, der hat überall Kontakte.«

Sie wackelte mit den Zehen und begann, ein wenig vor- und zurückzuwippen. Sie war unruhig.

»Liiert ist er mit Adina, die ist neu, aus Polen, zwanzig. Sie liebt den Brando über alles und will mal Kinder mit ihm. Ich finde sie ziemlich naiv, aber andererseits hat sie einen starken Willen und ist zäh. Damit kriegt man früher oder später jeden klein. Sie hat immer die spendabelsten und nettesten Freier, direkt auf Empfehlung vom Chef. Das hat natürlich was, wenn man in so einer Position ist. Ich bin für so was absolut ungeeignet. Schon immer gewesen.«

»Sie hadern heute mit sich.«

»Na und?« Sie bewegte sich nicht mehr und musterte die Ärztin wieder. »Ich hatte wieder so einen furchtbaren Traum.«

»Erzählen Sie bitte.«

»Ich stand an der Kasse im Supermarkt, und das Band war total vollgeladen. Da bemerkte ich plötzlich, dass ich gar kein Geld dabeihatte. Hinter mir war eine Riesenschlange, die Leute haben gegafft und getuschelt, und da bemerkte ich, dass ich nackt war. Ich hatte nichts an. Alle haben mich ausgelacht.«

»Sie haben gesagt, dass Sie Probleme haben, unter Leute zu gehen. Da ist so ein Traum erklärbar.«

»Einkaufen ist für mich die reine Pest. Ich werde an der Kasse immer fast ohnmächtig, wenn hinter mir eine Schlange ansteht. Mich quält der Gedanke, dass alle denken: ›Gott, ist die langsam‹, und noch schlimmer finde ich, wenn die Leute gucken, was ich gekauft habe. Wenn die so in mein Leben dringen mit ihren Blicken. Klopapier zum Beispiel kaufe ich immer nur im Zweierpack, damit es nicht so auffällt. Das lege ich dann ganz vorne hin, damit ich es gleich in die Tüte stecken kann. Genauso mit Tampons. Ich schäme mich in Grund und Boden, was ja eigentlich eher komisch ist bei meinem Beruf.

Damit ich nicht auffalle, kaufe ich auch immer woanders ein. Das ist ganz schön mühsam, wenn ich nach der Arbeit noch durch die halbe Stadt muss, um mich einzudecken.«

Sie lächelte resigniert.

»Mit sechzehn hab ich in den Ferien mal in einem Supermarkt an der Kasse gearbeitet. Das hat echt Spaß gemacht. Ich hab massig Kohle verdient, weil ich die kleineren Beträge gar nicht erst eingetippt habe. Das Geld bar abkassiert und eingesteckt. Den Knaller landete ich an Ostern. Meine Mutter musste arbeiten, und ich wollte meine Freunde richtig toll bekochen. Packe also drei Tüten voll und will damit abends nach Hause gehen. Dummerweise stand Hubert, der Filialleiter, an der Tür und versperrte mir den Weg, weil er den Kassenbon sehen wollte. Da wurde mir echt anders, und ich habe mich schon mit einem Bein im Jugendknast gesehen. Mein Problem ist, dass ich überhaupt nicht lügen kann. Das liegt wahrscheinlich daran, dass meine Tagesmutter immer gesagt hat, es raucht hinter meinem Kopf, wenn ich geschwindelt habe. Das konnte ich ja schlecht nachprüfen, weil ich hinten keine Augen habe. Jedenfalls klappt das mit dem Lügen grundsätzlich bei mir nicht. Ich sehe es schon immer vor mir, was dann passieren wird. Damals war es auch so. Ich sah Hubert sofort an, dass er mir nicht glaubte. Ich sagte dann: ›Ach, Mist, ich hab den Zettel verloren. Dann lass ich lieber alles hier, sonst sieht es noch so aus, als ob ich klauen würde.‹ Er guckte mich nur ganz komisch an und nickte. Danach hatte ich zum Glück nur noch drei Tage Schicht. Ich fühlte mich ständig beobachtet und konnte an der Kasse nicht mehr bescheißen. Das hat sich dann nicht mehr wirklich rentiert.«

30

Bald hatte man sie gefunden. Es war nicht besonders schwierig gewesen, eine Verbindung herzustellen zwischen der jungen Frau und dem zurückgelassenen Wagen in Grünwald. Der diensthabende Kommissar setzte sich mit der Klinik in Verbindung und wurde an die Psychiaterin Dr. Minkowa verwiesen. Fingerabdrücke, die sich im Zimmer der jungen Frau befanden, wurden mit denen am Tatort verglichen. Die Übereinstimmung lag bei hundert Prozent. Manuela Scriba, die junge Frau, sollte weiterhin in Behandlung bei Dr. Minkowa bleiben, da die Psychiaterin bei der Patientin Vertrauen genoss. Das würde schwer durchzusetzen sein. Aber die Ärztin war überzeugt davon, dass die junge Frau sich vorerst keiner weiteren Person öffnen würde. Nun galt es, sie zu stabilisieren und gemeinsam mit ihr die Ereignisse in Grünwald zu enträtseln. Hatte sie den alten Mann getötet? Oder war sie an seinem Mord beteiligt gewesen? Welches Motiv aber könnte es für eine solche Tat geben?

MITTWOCH

31 Die junge Frau wurde in die forensische Psychiatrie verlegt. Sie kam mit dem Ortswechsel nicht zurecht, die fremden Menschen ängstigten sie. Wie erwartet, ignorierte sie die neue Ärztin, die nun für sie verantwortlich war. Vielleicht war sie auch einfach überlastet. Nach langem Hin und Her bekam Dr. Minkowa die Genehmigung, sich weiter um ihre Patientin zu kümmern. Aber auch sie hatte Schwierigkeiten, an die verstörte junge Frau heranzukommen. Oft beendeten sie die Stunde, ohne dass die Patientin Notiz von ihrem Besuch genommen hätte. Sie wiegte ihren Körper hin und her und schien in einer anderen Welt versunken zu sein.

Dann wieder brach sie unvermittelt in Weinen aus und rief, man solle sie allein lassen, sie könne niemanden um sich haben.

Draußen war es inzwischen bitterkalt, und die Menschen sehnten den Schnee herbei. Da begann die junge Frau wieder zu reden: »Weihnachten verbringe ich immer allein. Ich mach mir dann immer selbst Geschenke, die pack ich dann schön ein und leg sie neben eine Kerze. Ich erinnere mich an Weihnachten immer daran, wie das Fest war, als meine Eltern noch lebten. Einmal musste meine Mutter am Vierundzwanzigsten arbeiten, das war schrecklich, weil mein Vater nicht mehr wusste, was Weihnachten ist. Sie hatte mir einen winzig kleinen Tannenbaum geschmückt, damit ich nicht so traurig wäre, und unter dem Baum stand unsere Krippe. Normalerweise hab ich immer mit den Figürchen gespielt, aber diesmal musste ich auf meinen Vater aufpassen. Ich hab die Kerzen angezündet, uns Wurststullen gemacht und meinen Vater gerufen. Mein Vater kommt rein, sieht den Baum und sagt: ›Na, das sieht ja prachtvoll aus.‹ Ich habe geantwortet: ›Ja, Papa, es ist Weihnachten‹, und hab ihm das Päckchen von meiner Mutter in die Hand gedrückt. Ich habe in dem Jahr einen Kassettenrekorder bekommen. Mit Mikrofon. Ich wollte Hörgeschichten aufnehmen. Gruselige, mit Geistern und Türenquietschen und krächzenden Raben. Kam aber nicht dazu, weil mein Vater seine neuen Pantoffeln in Windeseile ausgepackt hatte und die Handschuhe auch. Ich selbst hatte ihm einen krummen Schal gestrickt, den hat er aber nie getragen. Jedenfalls wollte er auch nichts essen und hatte schlechte Laune, weil er nicht fernsehen durfte. Ich wollte auf gar keinen Fall an Weihnachten fernsehen. Allein mit meiner Mutter war es immer so schön gewesen, sie hat dann Heringssalat gemacht, und wir hatten zusammen in die Lichter geguckt und geredet.

Irgendwann hab ich klein beigegeben und ihm die Glotze angemacht. Er saß etwa zehn Minuten davor, stand dann auf und untersuchte die Fenster, er wollte raus. So ging das ewig. Ich saß die ganze Zeit auf dem Sofa neben dem Weihnachtsbaum und hoffte, dass die Nacht ganz schnell vorbeigehen würde. Dauerte aber. An dem Abend hab ich ihn überhaupt nicht ruhiggekriegt. Später hab ich dann mein Springseil geholt und ihn an seinen Sessel gebunden. Es war für uns beide das Beste, weil endlich Ruhe herrschte und ich nicht mehr solche Angst davor haben musste, dass er mich irgendwann verhauen würde. Als ich ihn später am Abend losband, war auf dem Sessel ein riesiger Urinfleck. Ich hab ihn deswegen auch geschimpft, wie ich das immer bei meiner Mutter mitbekommen hatte. Er sollte ja schon wissen, dass man das nicht macht, aber ich glaube, da war schon alles zu spät mit seinem Kopf.

Ich hab ihn anschließend gebadet und gecremt und ihm die Haare gekämmt und die Zähne geputzt, so wie immer, aber noch ein bisschen schöner, weil doch Weihnachten war und ich nicht wusste, ob der liebe Gott zuguckt. Die Nacht war dann ganz furchtbar, obwohl ich ihm eine Überdosis Valium verabreichte. Die ganze Nacht bin ich hinter ihm hergerannt, und als er in den Morgenstunden auf mich losging, habe ich so laut um Hilfe geschrien, bis die

Frau, die über uns wohnte und der das Haus gehörte, mir zu Hilfe eilte. Auf sie hat er gehört, hat sich hingelegt und ist sofort eingeschlafen. Das fand ich sehr ungerecht.«

32

Die Möglichkeit, dass sie einer Mörderin gegenübersaß, veränderte Dr. Minkowas Beziehung zu der jungen Frau, die jetzt Manuela Scriba hieß. Sie versuchte, unvoreingenommen zu sein und die Therapie unbeirrt weiterzuführen.

»Erzählen Sie von den Männern, die Ihnen mehr bedeuteten in Ihrem Leben.«

Die Patientin überlegte.

»Na ja, einer war ganz okay. Der war viel älter als ich, so um die fünfzig. Ich hab ihn mit neunzehn kennengelernt. Während der Arbeit. Er war Stammkunde in der Kneipe, in der ich gejobbt habe. Ein Schriftsteller. Hat er mir zumindest erzählt, aber solange wir zusammen waren, wurde nichts veröffentlicht. Jedenfalls hat er nachts immer nur wie verrückt auf seine Schreibmaschine eingehämmert.

Ich mochte das Geräusch sehr. Mein Vater hat auch immer getippt, als er es noch konnte, weil er unbedingt seine Autobiografie vor seinem Tod fertigstellen wollte. Aber über die ersten zehn Seiten ist er nie hinausgekommen. Er hat jeden Tag vergessen, dass er schon zehn Seiten geschrieben hatte, und immer wieder von vorn begonnen. Also bei seiner Geburt. Am Ende gab es über hundert Anfänge. Irgendwann wusste er dann nicht mehr, wie man schreibt. Da wurde es stiller. Er konnte am Ende auch nicht mehr lesen.

Von meinem Freund hab ich jedenfalls nie was gelesen. Wollte ich auch nicht. Ich mische mich grundsätzlich nicht in die Angelegenheiten anderer Leute. Er hat mich auch nie darum gebeten.

Wenn ich mich nicht hundertprozentig um den gekümmert habe, ist alles schiefgegangen. Der war Alkoholiker und Kettenraucher und hat in seinem Zimmer alle möglichen Essensreste und angebrochene Bierdosen aufbewahrt. Und überall standen Aschenbecher, und alles stank nach Müll und Fauligem, und die Bettwäsche war grau und ranzig. Und trotzdem hab ich den total geliebt, weil ich überzeugt davon war, dass er ein Riesentalent hatte. Der war so abgehoben in seiner Weltsicht, dass jeder, mit dem er sich unterhalten hat, irgendwann aufgegeben hat. Nur ich habe ihn gleich verstanden. Weil ich ja früh gelernt habe, was hinter den Dingen oder hinter Gesagtem steht. Manchmal hatte ich das Gefühl, dass wir eine Art Geheimsprache hatten in einer Welt, die für die anderen nicht existierte. Ich bin stolz darauf, dass ein Mensch, der das Wesen der Dinge begriff, mir seine Liebe schenkte und wusste, dass ich ihn verstehen würde.

Vielleicht wollte ich ihn auch retten. Seine verrückte Seele bewahren und ihn trotzdem dazu bringen, etwas normaler zu werden, also zumindest lebensfähig. Ich hab den auch immer eingekleidet, der hatte absolut keinen Geschmack. Und ihm die Haare geschnitten, weil ihm total egal war, wie er aussah. Ich glaube, es ging mir darum, eine Sehnsucht in mir zu stillen, wenigstens bei einem Menschen Gutes zu schaffen. Geht aber nicht. Menschen mögen es nicht, wenn man ihnen ins Leben pfuscht. Ich mag das ja auch nicht. Wir haben in dem Jahr, in dem wir zusammen waren, vielleicht siebenmal miteinander geschlafen. Er war gesundheitlich nicht ganz auf der Höhe. Mir machte das aber nichts aus. Sex war für mich nie ein Thema, ich hab das halt so mitgemacht und war froh, dass er nicht öfter wollte.

Gabriel, meine erste große Liebe, lernte ich auf dem Volksfest unserer Stadt kennen. Er jobbte als Kellner im Bierzelt, und ich hatte den zweiten Platz in einem Schönheitswettbewerb gemacht. Ich war gerade siebzehn geworden und kurz vor dem Umzug in die nächstgrößere Stadt, wo ich mir irgendeine Arbeit suchen wollte und mich keiner kannte. Gabriel kam an den Tisch, wo ich mit meiner Freundin trank, und sagte, er wolle mich gern kennenlernen. Er war hübsch und durfte sich immer den silbernen Toyota seiner Mutter ausleihen. Ich glaube, er war drei Jahre älter als ich, und ich wäre vielleicht bei ihm geblieben, wenn er mich wegen seiner Eifersucht nicht immer verprügelt hätte. Einmal kam ich von meinem Kneipenjob zu spät zu ihm, und er hat mir drei Rippen und fast das Kreuz gebrochen. Ein anderes Mal haben wir im Auto seiner Mutter gestritten, weil er noch auf die Piste wollte. Ich bin ausgestiegen und hab mich auf die Kühlerhaube gelegt, weil ich das mal in einem Film gesehen hatte. Aber er gab Gas, und ich flog in hohem Bogen in den Rinnstein und hab mir alles blutig geschlagen. Er ist aber einfach weitergefahren und hat mich liegen gelassen, bis ich mich wieder aufrappelte.

Die Männer, die mich wirklich anziehen, sind eigentlich alle gewalttätig. Ich mag das Gefühl, dass sie stärker sind als ich.

Mit Gabriel hätte ich drei Kinder gehabt. Dreimal abgetrieben. Das war die Hölle, weil ich immer wieder allein zu pro familia laufen musste, um die Genehmigung für den Abbruch zu bekommen. Gabriel hätte wahnsinnig gern mit mir eine Familie gehabt. Er hätte auch bestimmt gut für uns alle gesorgt. Hat ziemlich viel Kohle gehabt wegen der Dealerei. Aber irgendwie hab ich einen Rückzieher gemacht. Ich mag nicht, wenn Männer sich zu mir bekennen.«

DONNERSTAG

33 »Wie gelingt es Ihnen heute, mit älteren Menschen umzugehen. Werden Sie ungeduldig, wenn Sie auf alte Menschen treffen? Nach allem, was Sie erlebt haben?«

Manuela Scriba überlegte. Nach wie vor weigerte sie sich, Schuhe und Strümpfe anzuziehen.

»Neulich habe ich abends eine alte Frau auf der Straße gesehen, die offensichtlich auch nicht mehr bei klarem Verstand war. Sie hatte in der Eiseskälte über dem Nachthemd einen schief zugeknöpften Mantel an und trug noch Pantoffeln. Das Haar war ungekämmt und hing ihr ins Gesicht. Sie stand vor dem Bahnhof und drehte sich immer wieder in alle Himmelsrichtungen, wobei sie den Kopf schüttelte und vor sich hin murmelte. Ich hätte eigentlich hingehen müssen, um ihr meine Hilfe anzubieten, denn es war ganz klar, dass sie nie mehr nach Hause zurückfinden würde. Aber es ging nicht. Ich stand da und starrte sie an, und alle Bilder meines Vaters kamen in mir hoch, wie in einem Kino. Das Bild der

Frau wurde praktisch von den Bildern meines Vaters überlagert.

Ich habe ihr dann auch nicht geholfen, sondern bin an ihr vorbeigegangen und habe sie nett angelächelt. Freundlich sollte man solchen Menschen gegenüber schon sein, die haben ein unheimliches Gespür und sind sehr leicht zu verletzen. Aber helfen konnte ich ihr nicht.

Meinen Vater hab ich mal an einem Nachmittag aus Versehen nicht eingesperrt. Das fiel mir aber erst auf, als ich mich darüber zu wundern begann, dass er schon seit geraumer Zeit nicht mehr rufend durch die Wohnung gegeistert war. Mein Vater hatte die Gelegenheit genutzt und war abgehauen. War aber nicht weit gekommen, weil das Gartentor abgeschlossen war, und wie man über so was drübersteigt, hatte er wohl verlernt. Jedenfalls komm ich raus, und er steht am Törchen und hat schon drei Leute vor sich versammelt. Die drei guckten völlig überfordert, weil sie aus seinen Erzählungen nicht schlau wurden. Und als ich näher kam, fragte mich einer von ihnen: ›Kannst du dem armen alten Mann hier helfen? Er weiß nicht, wo er wohnt, und sucht seine Frau.‹

Die Gesichter zerflossen beinahe vor Mitgefühl für meinen Vater, und ich hätte kotzen können, weil mir das alles so peinlich war und ich ihn dafür hasste, dass er mich in so eine Situation brachte. Und weil er mein Vater war, aber das brauchte niemand zu wissen, das hätte ich sowieso nie zugegeben. Ich weiß nicht, warum mich das so wütend machte. Ich habe die Leute ignoriert, meinen Vater am Ärmel gepackt und weggezogen. Ich habe gesagt: ›Der wohnt hier, und seine Frau ist tot.‹ Dann hab ich ihn ins Haus geführt. Insgeheim hoffte ich, dass es am Nachmittag klingeln würde und so eine Art Jugendamt für Alte bei uns aufkreuzen und ihn mitnehmen würde. Aber es kam niemand. Meiner Mutter hab ich davon aber nichts erzählt. Sie sollte sich vor der Arbeit nicht aufregen.«

MITTWOCH

34

»Wie sah Ihr Arbeitstag aus?«

»Ich bin ja noch nicht in Rente.«

»Wie meinen Sie das?«

»Sie müssen nicht in der Vergangenheit davon reden.«

Dr. Minkowa blickte sie an, und es war schwer zu sagen, ob es Anteilnahme oder Irritation war, die in ihrem Blick lag. »Gut. Also, wie sieht Ihr Arbeitstag im Allgemeinen aus?«

»Normal. Ist immer gut durchorganisiert, ich versuche, jeden Tag im Schnitt drei bis vier Freier abzufertigen, dann komm ich gut über die Runden und hab noch Geld übrig. Viel brauch ich ja nicht. Die Sachen, die ich für die Arbeit brauche, besorg ich mir verhältnismäßig günstig. Sonderangebote oder secondhand. Wenn die Sachen richtig toll sind, trage ich die, bis sie auseinanderfallen. Meine Kunden gucken ja eher, was ich *unter* den Kleidern zu bieten habe. Das ist natürlich schon praktisch, wenn man so gestört ist, dass man nicht mehr shoppen gehen kann. Da wird das Leben ungemein billig.«

Sie lachte zum ersten Mal in diesen zwei Wochen, und ihre Zähne blitzten zwischen ihren Lippen.

»Also … wie gesagt, ich hab ja mein Zimmer im ›Paradies‹. Da kommt mittags manchmal der Manni, den kenn ich schon über ein Jahr. Der ist easy. Der kommt in der Mittagspause aus seiner Kanzlei rüber ins ›Paradies‹ und braucht mich, um sich abzureagieren. Er ist um die fünfzig, gepflegt und höflich. Ich mach's gern mit ihm, weil der mich immer im Stehen von hinten nimmt. Das geht zack, zack bei dem, und ich bin um einen Hunderter reicher.«

Sie blickte auf.

»Ich rede ungern darüber. Etwas zu tun ist was anderes, als drüber zu reden. Mir fällt das Machen leichter, da muss man es nicht so an sich heranlassen.«

»Sie müssen nicht darüber reden, wenn Sie es nicht von sich aus wollen.«

»Nein. Es ist nur so, dass ich mir dann so fremd bin, wenn ich drüber nachdenke, was ich so gemacht habe oder mache. Also, wie ich mein Geld verdiene. Ich möchte Sie auch nicht ekeln.«

»Glauben Sie mir, ich ekle mich nicht.«

Das gefiel Manuela Scriba nicht. Sie wollte eine besondere Stellung einnehmen, sich von den anderen Patienten absetzen. Unverwechselbar bleiben.

»Bin ich austauschbar?«

»Nein. Natürlich nicht.« Dr. Minkowa musste an den Toten denken und die Schilderungen des Kommissars über den Zustand der Leiche. Was hatte ihre Patientin gesehen? Welche Rolle hatte sie in dieser Nacht gespielt?

»Na ja. Am liebsten mag ich ältere Männer, die schon ein bisschen Probleme haben, die sind dann so dankbar und spendabel, wenn's geklappt hat. Das ist zum Beispiel bei einem der Fall, der heißt Herr Schramm. Vornamen kenne ich nicht. Den muss ich immer siezen. Den wasch ich zuerst mit dem Waschlappen und öle ihn dann an den Genitalien ein. Danach massiere ich ihn und haue ihn ein bisschen, wenn er nicht gleich steht, und dann blase ich ihm einen. Herr Schramm ist sehr reinlich und duftet immer nach Eau de Cologne. Der hat mir sogar mal Blumen mitgebracht, als er zufällig von meinem Geburtstag erfuhr. Er hat mich auch schon mal gefragt, ob wir nicht mal zusammen ausgehen können, aber Escortservice mach ich nicht bei ihm, das wird mir sonst zu nah. Ich muss immer die Kontrolle behalten. Da steig ich lieber vorher aus. Das hab ich gelernt in meinem Leben. Ich mag's gern überschaubar.«

»Wie haben Sie die Abende verbracht, wenn Sie allein bei sich zu Hause waren?«

»Wie?«

»Na ja, was haben Sie gemacht? Ferngesehen? Etwas für sich gekocht?«

»Ich hab nur fertige Sachen gegessen.«

»Immer?«

»Ja, das wäre mir einfach zu viel Arbeit gewesen. Außerdem kann ich ja überhaupt nicht kochen. Bei uns zu Hause gab es immer nur Gerichte, die einfach und schnell zuzubereiten waren. Wir hatten einen kleinen Gemüsegarten, und für Fleisch gab es sowieso kein Geld. Ab und zu mal Kriegsfleisch mit Nudeln von Aldi, das ist so Dosenfleisch, was sich zwanzig Jahre hält. Und sonntags Kotelett. Einmal hat mir mein Vater das Kotelett an den Kopf schmeißen wollen, aber ich hab mich geduckt, und das Kotelett flog an die weiße Wand, der Bratensaft spritzte meterweit. Meine Mutter hat geschrien wie am Spieß, das hat meinen Vater so erschreckt, dass er kurz vergessen hat, was er wollte. Aber dann ist er aufgesprungen und hat mich um den Esstisch gejagt, bis ich in den Garten fliehen konnte. Da stand ganz hinten eine riesengroße alte Linde. Wenn ich schnell genug war, habe ich sie vor ihm erreicht. Dann hangelte ich mich zum ersten Ast hoch und kletterte von dort aus rasch nach oben. Ich war ja barfuß und blitzschnell. Ich schwöre bei Gott, ich hatte so eine Todesangst vor ihm, ich hätte ihm ins Gesicht getreten und ihn runtergestoßen, wenn er mir nachgeklettert wäre.

Ich fand das eigentlich spannend, dass wir nie genug zu essen hatten. Wir fuhren dann im Herbst zum Bauern und holten körbeweise Äpfel für den Winter. Oder ich lief mit meiner Mutter über die Kartoffelfelder, immer den großen Maschinen hinterher, die die reifen Kartoffeln einsammelten, und klaubten die übrig gebliebenen aus der Erde. Oder wir sammelten Pilze im Wald. Oder Himbeeren. Oder Holunder. Einmal bekamen wir vom Bauern ein halbes Schwein, das war am spannendsten, weil ich doch Tierärztin werden wollte. Wir mussten es auseinandersägen, was gar nicht so einfach war, und ich hab mir alles ganz genau und in Ruhe angeguckt und in kleine Beutel verpackt, die anschließend sauber beschriftet in der Kühltruhe landeten. Da hatte ich dann das Gefühl, dass uns im Winter eigentlich nichts passieren konnte, weil der Keller voll mit Vorräten war. Das war schön. Das Schlechte an den Wintern war, dass wir kein Geld für die Heizung hatten. Einmal sind die ganzen Leitungen eingefroren, und unsere Vermieterin hat uns die Hölle heiß gemacht. Danach mussten wir bei starkem Frost immer so viel heizen, dass die Rohre wenigstens lauwarm waren. Meine Mutter hatte wahnsinnige Angst, dass meinem Vater die Finger abfrieren würden, und hat ihm immer Handschuhe angezogen. Über seinem unvermeidlichen Anzug trug er zwei Wolljacken und einen Bademantel. Auf dem Kopf eine Wollmütze, die er auch nachts nicht auszog.«

Sie verstummte. Dann sagte sie unvermittelt:

»Ich hab ihn mal im Winter unbewusst fast umgebracht. Er wollte wohl mal wieder auf Tour gehen und ist irgendwie aus dem Bett gefallen. Im Schlafzimmer meiner Eltern herrschte immer eisige Kälte. Jetzt lag er auf dem eiskalten Linoleum. Er konnte nicht mehr aufstehen, also blieb er da in seinem Nachthemd liegen, bis meine Mutter von der Arbeit kam. Er war blau gefroren und halb tot. Meine Mutter war total hysterisch und steckte ihn gleich in die Badewanne, obwohl das eigentlich zu teuer war. Sie hat mich angemeckert, dass ich ihn nicht aufgehoben hatte. Aber ich hatte ja überhaupt nichts mitgekriegt. Ich hab geschlafen wie ein Murmeltier. Wenn ich ehrlich bin, hatte ich lange nicht mehr so gut geschlafen wie in jener Nacht. Insgeheim war ich ein bisschen traurig, dass er sie überlebt hatte.«

Dann schwieg Manuela Scriba, wippte mit den Füßen und betrachtete ihre Zehen.

MONTAG

35 Seit dem Gespräch mit dem Kriminalkommissar fragte sich Dr. Minkowa, wann ihre Patientin den Mut und die Kraft haben würde, von der Mordnacht zu erzählen. Der Druck auf sie wuchs auch, denn das Kommissariat erkundigte sich regelmäßig nach dem Fortlauf der Therapie und ob es Erkenntnisse zu der besagten Nacht gebe. Manuela Scriba war die einzige Zeugin. Oder die Mörderin.

An diesem Montagmorgen sagte sie überraschend: »Ich möchte Ihnen etwas erzählen. Etwas, was mir sehr am Herzen liegt. Sie dürfen es aber nicht verraten, bevor ich weiß, wie es dazu kommen konnte.«

»Das verspreche ich Ihnen.«

»Er heißt Reiner und kommt regelmäßig ins ›Paradies‹. Ich hab ihn aber jetzt längere Zeit nicht gesehen. Er ist Architekt und hatte wohl die Wochen davor alle Hände voll zu tun mit einem großen Bauvorhaben. Er ist Mitte fünfzig, verheiratet und hat zwei kleine Kinder. Hat mir sogar mal Fotos von denen gezeigt. Er ist ein cooler Typ, erfolgreich und sehr gepflegt. Ich könnte mich aber nie in einen Kunden verlieben. Wenn ich frage: ›Was magst du besonders gern, was macht dich heiß?‹, dann bin ich automatisch Dienstleistende, dann geht es nur noch darum, meine Arbeit zu machen. Was andererseits schade ist, denn außerhalb meines Jobs hab ich keine Kraft, jemanden kennenzulernen. Und auch keine Lust.

Reiner jedenfalls erzählte mir von dem Bekannten des Vaters eines Kollegen oder so ähnlich, der gern mal ein Mädchen zu sich nach Hause einladen würde. Ich mach das bei Männern, die ich nicht kenne, immer so, dass ich mit Rosalynn telefonisch vor und nach dem Date in Kontakt stehe. Falls einer durchdreht und sie nichts mehr von mir hört, schlägt sie Alarm. Man weiß ja nie. Das kostet mich dann fünfzig Euro extra, aber die Männer, die einen zu sich einladen, sind oft sowieso ziemlich spendabel und legen manchmal sogar noch ein Trinkgeld drauf. Der Kunde war Witwer und lebte in einer Villa in Grünwald.

Am nächsten Abend sollte ich ihn besuchen und hätte mir auch ein Taxi nehmen dürfen. Aber ich hab ja meinen Mini. Darauf bin ich wirklich stolz. Eigene Wohnung, eigenes Auto, eigenes Geld. Dafür nehm ich vieles in Kauf, was mir eigentlich nicht so gefällt.

Gegen sieben hab ich mich auf den Weg gemacht. Ich habe nicht gern am Abend gearbeitet. Ich glaube, ich hab so eine Art Trauma vor dem Ende des Tages, vielleicht weil meine Mutter dann immer zur Arbeit ging und mich mit meinem verrückten Vater allein gelassen hat.«

Sie unterbrach sich, und Dr. Minkowa meinte in ihrem Blick Nervosität zu sehen, dann fuhr sie fort.

»An dem Abend jedenfalls habe ich mich schlecht gefühlt. Es ging mir nicht gut wegen all den Gedanken, die drückten mich förmlich nieder, und es fiel mir schwer, meine Wohnung zu verlassen. Ich habe kaum geschlafen. Jede Nacht hatte ich Albträume, und bei jedem Geräusch bin ich zusammengezuckt. Es gibt diese Tage, an denen ich eigentlich gar nicht rauskann. Aber ich reiße mich dann immer zusammen, weil ich ja Geld verdienen muss.«

Sie wirkte verzweifelt, und Dr. Minkowa wollte ihr eine Hilfestellung geben: »Wovon genau träumen Sie?«

»Ich träume, ich wache auf, weil ich ein Geräusch gehört habe. Ich liege ganz still und atme kaum, um besser hören zu können. Ich weiß nicht, wo ich bin, aber das Ticken eines Weckers sagt mir, dass ich mich in meinem Kinderzimmer befinde. Dann höre ich das Geräusch wieder und erkenne, dass nebenan im Schlafzimmer meiner Eltern Kleiderbügel auf der Metallschiene des Schranks hin- und hergeschoben werden. Das Kreischen der Bügel ist entsetzlich. Es ist der Vorbote für eine weitere schlaflose Nacht. Mein Vater hat sich nachts immer angezogen und ist dann durch die Wohnung gegeistert, bis er mich gefunden hat. Ich konnte mich nicht vor ihm verstecken, das hätte nichts gebracht. Er hätte irgendwas kaputt gemacht oder den Ofen angeschaltet oder auf den Teppich gepinkelt. Ich musste hin. Ich hatte meiner Mutter versprochen, auf ihn aufzupassen. Ich höre die Türklinke des Schlafzimmers, sehe durch die Glastür meines Kinderzimmers das Licht im Flur angehen. Die meisten Türen in unserer Wohnung waren aus geriffeltem Glas, nur außenrum ein Rahmen aus Holz. Das war manchmal gruselig, weil Gesichter dahinter immer so verzerrt aussahen … Dann das Schlurfen seiner Schritte. In den letzten zwei Jahren konnte er seine Füße beim Gehen nicht mehr heben. Das Geräusch seiner Schritte verfolgt mich bis heute.«

Sie hielt inne, schloss die Augen und atmete tief durch. Dann setzte sie sich aufrecht hin, als müsste sie alle Kraft zusammennehmen, um fortzufahren.

»Kurze Zeit später erscheint seine Silhouette hinter der Kinderzimmertür. Das hatte er sich gemerkt, dass hinter der Tür jemand schlief. Wenn er auch sonst nichts mehr wusste. Er klopft an das Glas und ruft um Hilfe, in so einer komisch hohen Stimmlage, die gar nicht zu einem Mann passt. So verängstigt und trotzdem unerbittlich.

Es war ihm egal, dass er mich nicht erkannte, wenn ich ihn wieder ins Bett schob. Er war nur froh darüber, dass jemand gekommen war, bei dem er sich über die verschlossenen Türen beschweren konnte. Aber das war nicht ich. Es gab und gibt mich nicht. Denn er wusste ja nicht, wer ich bin. Es hat mich in seinen Augen nie gegeben.

Am Ende, kurz bevor er starb, hat er es nicht mehr geschafft, sich anzuziehen. Er hat einfach vergessen, wie das geht. Dann stand er manchmal nackt vor meinem Bett, mit nichts an außer seiner Schlafmütze und der Krawatte.

Manchmal, wenn ich versuche, alten Männern einen zu blasen, ist mir noch heute zum Heulen. Weil zwischen meinem Vater und den anderen nackten Männern kein Unterschied ist.

An all diese Träume und Erinnerungen denke ich, als ich meinen Mini am Gehsteig der Straße parke. Ich bleibe noch kurz sitzen, weil ich mich an das Ende des Traums erinnern möchte. Das gelingt mir nie. Das vorläufige Ende ist das, wo er nackt vor meinem Bett steht, mich kurzsichtig durch die dicken Gläser seiner Brille beäugt und die Hand nach mir ausstreckt. Da wache ich jedes Mal auf. Das macht mich fertig. Weil ich nicht weiß, ob er mich kriegt.«

Draußen krachte eine Tür ins Schloss, und jemand rief etwas, dann war es still. Manuela Scriba schien nichts zu bemerken, sie war in ihre Erinnerung eingetaucht und konzentrierte sich darauf, Worte für das zu finden, was sie vor sich sah. Ihr Gesicht war sehr schmal und blass, ihre Stimme plötzlich leise. Fast ein Flüstern.

»Es nieselt, was blöd ist, denn ich hatte mir die Haare eingedreht, die fallen bei der Luftfeuchtigkeit in sich zusammen. Auf meine Haare bin ich stolz. Meine Mutter hat früher immer zu mir gesagt: ›Du bist nicht wirklich hübsch, aber du hast schöne Haare und einen guten Busen, das ist es, worauf es den Männern ankommt.‹ Na ja, sie musste es wissen, sie hatte auch schönes Haar und einen guten Busen. Und, was hat es ihr gebracht?

Das Haus sieht beeindruckend aus. Eine alte Villa inmitten eines riesigen Grundstücks. Die Gartenbeleuchtung ist eingeschaltet, denn es ist schon dunkel, als ich ankomme. Ich liebe es, im Grünen zu sein. Als ich noch ganz klein war, lebten wir auf dem Land, und ich war jeden Tag draußen. Bei Wind und Wetter. In der Nähe gab es eine Schafherde, das war für mich eine Art Familienersatz, so komisch das klingt.

Während ich über den Kiesweg zum Haus laufe, fällt mir ein, dass ich mein Auto nicht abgeschlossen habe. Vor lauter Nachdenken hab ich einfach den Schlüssel stecken lassen. Aber dann sage ich mir, ich werde ja nicht lang bleiben, und das hier ist eine gute Gegend, eine sehr gute sogar, hier klaut doch keiner einen Mini. Ich bin noch auf der Treppe, als sich die riesige Haustür öffnet. Zwei Schäferhunde schießen bellend auf mich zu, und ich kippe fast rückwärts die Eingangsstufen runter. Ich mag Hunde eigentlich ganz gern. Ich hab ja nichts gegen Tiere. Im Gegenteil. Aber vor die Entscheidung gestellt, würde ich dann doch eine andere Todesart wählen, als mich von einem Hund zerfleischen zu lassen. Ich höre einen schrillen Pfiff, und die Hunde bleiben augenblicklich stehen und starren mich hechelnd mit glasigen Augen an. ›Geh an ihnen vorbei, ohne sie zu beachten, dann tun sie dir nichts‹, ertönt eine Stimme über mir. Ich sehe einen alten Mann, der auf seinen Stock gelehnt in der Tür steht. Er wirkt ziemlich klapprig, aber sein faltiges Gesicht ist sonnengebräunt. Das spärliche graue Haar sorgfältig nach hinten gekämmt, hohe Stirn. Er trägt eine dunkelgraue Anzughose, einen hellblauen Pullover und ein gelbes Halstuch. Dazu karierte Hausschuhe. Der letzte Schrei, schießt es mir durch den Kopf, und ich bin mir sicher, dass er eine Feinrippunterhose anhat. Oder doch einen String. Bei solchen Typen weiß man nie.

Ich kenne mich inzwischen ganz gut mit Männern aus, ich kann die meisten ziemlich schnell einordnen. Der hier zählt garantiert zu den perversen. Das hat man nach ein paar Jahren einfach im Blick. Keine Ahnung, warum. Das riecht man förmlich. Dumm nur, dass ich mich nicht einfach umdrehen und abhauen kann. Das spricht sich rum, vor allem wenn man empfohlen wurde. Also umrunde ich die Hunde, die mitten im Weg stehen, und gehe auf den Alten zu. Wir geben uns die Hand, und mir entgeht nicht der prüfende Blick, mit dem er meinen Körper abtastet. Seine Augen hinter den dicken Brillengläsern sind sehr hell und kalt. Seine Lippen hält er zusammengepresst, als müsse er sich darauf konzentrieren, nichts von sich preiszugeben. Er nimmt mir den Mantel ab und hängt ihn an den Garderobenständer. Der Eingangsbereich ist ziemlich groß, eine geschwungene Treppe führt in das obere Stockwerk. Die antiken Möbel wirken nachgemacht, und auf den Kommoden und Tischchen stehen hässlicher Nippes und Plastikblumen. Achtzigerjahre-Lampen werfen spärliches Licht in die Eingangshalle, aber dass der Perserteppich zerschlissen ist, sehe ich trotzdem. All das bemerke ich in einem kurzen Augenblick, und ich fühle mich nicht wohl. Von außen sah das Haus so einladend aus, aber drinnen herrscht eine merkwürdige Atmosphäre. Die Luft riecht abgestanden, und ich frage mich, ob es nasses Hundefell oder alter Teppich ist. Blöd, oder?«

Sie blickt Dr. Minkowa an und sehnt sich nach Bestätigung.

»Das intensive Erleben ist in solchen Momenten ganz normal. Was taten Sie dann?«

»Ich hatte mir mein Lieblingskleid angezogen. Grüne Pailletten, ziemlich kurz mit tiefem Dekolleté. Bei jeder Bewegung schillert es in den prächtigsten Farben, und ich fühle mich richtig wertvoll, wenn ich es trage. Dazu habe ich enge schwarze Lederstiefel. Dass die nicht hundertprozentig zu dem Kleid passen, macht nichts. Manche Freier stehen auf Stiefelsex. Da will ich nicht unvorbereitet sein.

Ich stehe also schillernd vor dem Alten und lasse mich angaffen. Endlich fragt er: ›Willst du was trinken?‹ Schon an seinem Ton merke ich, wie er mich verachtet. Es gibt zwei Sorten von Freiern, diejenigen, die einen auf Händen tragen und dankbar dafür sind, wenn man ihnen Gutes tut. Und diejenigen, die einen dafür hassen, dass sie es mit einer Hure geil finden. Die, anstatt sich einzugestehen, dass sie sich insgeheim für ihre Begierden schämen, die Mädchen fertigmachen und versuchen, sie mit den erniedrigendsten, perversesten Szenarien zu bestrafen.

Dieser Typ jedenfalls ist mir höchst unangenehm. Alarmstufe Rot. Ich antworte brav, ich hätte ganz gern ein Glas Champagner. Das hat eigentlich jeder im Haus, den ich besuche. Er hebt kurz die Augenbrauen und flötet: ›Wie fein! Ach so fein!‹ Dann wendet er sich ab und schlurft in die Küche. Schlaganfall, denke ich, zieht ein Bein nach. Geschieht ihm recht. Ich höre eine Kühlschranktür, dann kommt er mit einem Wasserglas und einer Flasche Billigprosecco zurück und deutet mit dem Kopf auf die Treppe. Ich gehorche, steige vor ihm die Stufen hoch und wackle extra mit dem Arsch. Das ist so eine Art Machtspiel. Das mach ich besonders gern, wenn mir einer nicht gefällt oder wenn ich Angst habe. Den Typen irgendwie in den Griff kriegen, beherrschen, damit er die Gewalt über mich verliert. Er tappt hinter mir her. Bei jedem Schritt schlägt das Glas an die Flasche, denn da er die Krücke braucht, hat er nur eine Hand frei. Oben angekommen, stehe ich in einem breiten Korridor, von dem ein paar Türen abgehen. Er deutet auf eine, ich öffne sie brav und trete ein. Es ist ein Badezimmer. Siebzigerjahre, weißer Marmor, goldene Armaturen. Hässlich. Er schiebt sich an mir vorbei, öffnet ein Schränkchen und zieht ein Handtuch und einen Waschlappen hervor. Beides drückt er mir in die Hand. ›Wasch dich!‹ Dann humpelt er raus und schließt die Tür hinter sich.

Ich stehe vor dem Spiegel und blicke mir ins Gesicht. Ich versuche, eine Verbindung zu mir herzustellen, damit ich mich nicht so einsam fühle. Ich hebe den Arm und schnuppere in meine Ellenbeuge. Dahin sprühe ich nämlich mein Lieblingsparfum.

Normalerwiese beruhigt es mich, meinen Duft zu riechen. Das gibt mir Kraft. So wie ich früher, wenn meine Mutter auf Arbeit ging, immer einen Hauch ihres Parfums an meiner Haut erschnuppern konnte, nachdem sie mich umarmt hatte.

Ich schiebe meinen roten String bis zu den Knien runter, halte den Waschlappen unter den Wasserhahn, schäume ihn mit Seife ein und wasche artig meine Möse. Ich ärgere mich darüber, dass ich gehorche. Aber ich bin ein reinlicher Mensch. Ich dusche lieber einmal zu viel als zu wenig. Dann trockne ich mich ab, ziehe den String wieder hoch, überprüfe mein Make-up und öffne die Tür.«

Sie unterbricht sich, wirkt für einen Augenblick unentschlossen.

»Möchten Sie ein Glas Wasser? Wir können auch eine kleine Pause einlegen, wenn Sie wollen?« Dr. Minkowa stellt ihr ein Glas hin und schaut sie aufmunternd an. »Ich weiß, dass das hier schwer für

Sie ist. Niemandem fällt es leicht, über traumatische Erlebnisse zu erzählen.«

Die Patientin aber beachtet sie gar nicht. Sie atmet tief ein und fährt fort, wo sie geendet hat:

»Der Korridor ist dunkel, aber hinten rechts sehe ich Licht, das aus einer geöffneten Tür fällt. Ich gehe langsam darauf zu, bleibe stehen und gucke um die Ecke. Das muss das Schlafzimmer sein. Dunkelbraune Schrankwände, dunkelbraune schwere Vorhänge, hellbraunes Holzbett, verblichene karierte Bettwäsche. Gruselig. Links und rechts auf den hellen Nachttischchen Leselämpchen mit gelbem Stoffüberzug. Er liegt auf dem Bett und fixiert mich, neben sich hat er seine Krücke liegen. Er ist noch angezogen, auch die Pantoffeln trägt er noch.

Auf einer Art Schminkkommode steht meine Proseccoflasche mit dem Glas. Ich gehe darauf zu und wackle lasziv mit dem Arsch. Ich beachte den Alten nicht. Vielleicht hab ich Glück, und er will nur gucken. Die Flasche ist noch zu, aber den Drehverschluss schaff ich mit links. Ich gieße mein Wasserglas voll und trinke es in einem Zug leer. Mir egal, was er von mir denkt. Schlimmer kann's kaum werden. Dann noch ein Glas. Wieder auf ex. Jetzt fühl ich mich besser. Ich drehe mich nach ihm um. Unsere Blicke treffen sich, und es läuft mir eiskalt den Rücken runter. Seine Augen sind so hell, dass sie fast durchsichtig sind. Da ist nichts drin zu sehen. Das macht mir Angst.

›Na los‹, sagt er dann.

Er hat recht, bin ja nicht zum Spaß da. Ohne Fleiß kein Preis. Das Überlebensmotto meiner toten Mutter ist inzwischen auch meines. Ich stelle mich also nah ans Bett. Rückwärts. Mein Kleid hat hinten einen Reißverschluss, den kann man von unten nach oben aufziehen. Den ziehe ich langsam vor seiner Nase hoch. Jetzt kann er meinen Arsch sehen, der String verdeckt ja nicht viel. Ich drehe mich lächelnd um und gucke auf ihn runter. Sein Gesicht ist versteinert. Aber als er bemerkt, dass ich ihn beobachte, schnauzt er mich an, ich solle gefälligst weitermachen. Ich soll mich auf den Boden knien. Den Hintern zu ihm hin. Ich will es hinter mich bringen und dann nichts wie raus hier. Ich schwenke meinen Unterleib hin und her, lasse ihn kreisen und höre, wie der Alte sich hinten auf dem Bett bewegt. Es knarzt.

Ich mache weiter. Da hört das Knarzen auf. Ich höre, wie er den Reißverschluss seiner Hose öffnet, sie auszieht. Dann kommt er langsam von hinten auf mich zu. Schlurfende Schritte. Dazu das rhythmische Tack, Tack seines Stocks auf dem Parkett. Ich weiß nicht, wieso, aber plötzlich fällt mir eine Nacht ein, an die ich mich nie erinnert habe. Mein Vater hat sich mit mir im Bad eingeschlossen und mir mit dem Teppichklopfer den nackten Hintern versohlt. Ich knie auf dem Boden, er sitzt rücklings auf meinen Schultern, meine Arme stecken zwischen seinen Beinen fest, während er auf mich eindrischt. Er weiß nicht, was er tut, hat meine Mutter später gesagt, er kann nichts dafür. Er ist es nicht mehr er selbst.

Ich schweige jedenfalls und beiße die Zähne zusammen. Jetzt spüre ich den Alten dicht neben mir. Er bleibt stehen, und ich höre auf, mich zu bewegen. Ich höre ein rhythmisches Schlagen und weiß, dass er seinen alten Schwanz bearbeitet. Dann gucke ich zu ihm hoch. Er ist nackt, bis auf seinen Pullover. Schrecklich. Er sieht mich an, den Mund hat er geöffnet und beißt mit den Zähnen konzentriert auf seine Zungenspitze. Sein weißes Gebiss leuchtet künstlich zwischen den Lippen hervor. Mit einer Hand stützt er sich auf seinen Stock, mit der anderen knetet er seinen Schwanz.

Ich bin wie gelähmt, die Silhouette seines Körpers über mir. Dann trifft mich der Schlag seiner Krücke mit solcher Wucht, dass ich vornüberkippe und mit dem Gesicht auf den Boden knalle. ›Was gaffst du, Nutte?‹ Während ich mich langsam aufrapple, wird mir klar, dass ich gehen muss. Ich muss hier raus.

Ich bin eigentlich kein ängstlicher Mensch. Ich habe schon ziemlich fiese Situationen erlebt und aus jeder was für mich gelernt. Man muss aus den Erfahrungen lernen, sag ich mir immer, sonst war das Leben ja überflüssig.

Mein Problem ist, ich kann nur in die Gegenwart sehen. Die Vergangenheit muss ausgelöscht bleiben. Das habe ich aus jenem Abend gelernt. Das weiß ich jetzt.«

Es entstand eine Pause, und Dr. Minkowa stellte eine Frage: »Was meinen Sie damit? Was haben Sie ausgelöscht?«

Manuela Scriba wirkte erschöpft, sie vergrub ihr Gesicht in den Händen und atmete tief ein. »Ich kann nicht mehr.«

»Das ist in Ordnung. Lassen Sie uns für heute abbrechen. Erholen Sie sich, schlafen Sie. Wir haben keine Eile.«

»Was?«

»Wir machen morgen einfach weiter.«

»Tun Sie sich keinen Zwang an.« Die Patientin wirkte fast zornig. Schweigend folgte sie der Pflegerin zurück zu ihrem Zimmer.

Sie fühlte sich abscheulich und starrte dumpf auf den Boden. Das Reden über diesen Abend hatte noch keine Erleichterung gebracht. Sie konnte nur überleben, wenn sie schwieg. Mit ungeheurer Wucht grub sich die Verzweiflung in ihr Herz. Sie richtete sich auf und schluchzte laut, um ihre Brust von dem gewaltigen Schmerz zu befreien. Dann brachen, wie ein Gewitterregen nach lang anhaltender Schwüle, die Tränen aus ihr heraus. Sie strömten über ihr Gesicht, in ihren Mund, und als sie das Salz auf ihren Lippen schmeckte, fühlte sie sich plötzlich sehr klein, wie ein Kind. Und auf eine merkwürdige Weise beschützt. Sie legte sich auf das kühle Linoleum ihres Zimmerbodens, leckte sich die Tränen von Lippen und Armen und schlief augenblicklich ein.

DIENSTAG

36 Am nächsten Tag machten sie weiter. Die junge Frau ließ sich die Anstrengung, die das Sprechen für sie bedeutete, nicht anmerken, sondern knüpfte ohne Umschweife dort an, wo sie am Vortag abgebrochen hatte.

»Draußen höre ich die Hunde bellen, und in dem Moment weiß ich, ich sitze fest. Ich höre, wie er hinter mich tritt. Meine Knie tun weh. Dann spüre ich seine Hand auf meinem Hintern. Ich ekle mich. Diese Angst vor seinen Händen. Überhaupt vor Händen, die mich abtasten, die mich befühlen wie ein erlegtes Tier.

Ich weiß nicht, was mit mir los ist. Normalerweise stecke ich alles mit links weg. Aber an dem Abend ist es anders. Ich ertrage nicht, dass er mich begutachtet. Dass er mich erniedrigt, indem er mit seiner Krücke auf meinen Hintern schlägt.

Und plötzlich fällt mir ein, dass ich Rosalynn nicht Bescheid gesagt habe.

Niemand weiß, wo ich bin. Das ist mir noch nie passiert!

Da wendet er sich ab. ›Bleib hier‹, sagt er noch, ›sonst kannst du was erleben‹, dann geht er. Ich höre ihn über den Korridor schlurfen und die Treppen runterhumpeln. So eine Scheiße, sage ich mir, hau ab hier, los. Ich gucke mich um, kann aber kein Telefon entdecken. Sonst hätte ich jetzt schnell im ›Paradies‹ angerufen. Das Schlimmste ist, dass ich dabei bin, mich zu verlieren. Ich habe das manchmal, wenn mich eine Situation überfordert. Dann fühle ich mich wie kurz vor einer Ohnmacht, ich höre so ein Pfeifen in meinen Ohren, mein Mund wird trocken, und danach kann ich mich an nichts mehr erinnern. Dann habe ich Angst vor dem, was in mir passiert.

Unten geht die Haustür auf. Ich höre den schrillen Pfiff, den ich schon kenne. Dann das Bellen der sich nähernden Hunde. Dann wieder die Tür und ein scharfes ›Fuß!‹. Dann seine Schritte auf der Treppe, dazwischen das Getrappel und das Hecheln der Hunde. Sie kommen nach oben. Sie nähern sich der Schlafzimmertür und kommen rein zu mir. Ich sitze auf dem Boden, den String zwischen den Knien. Der Alte steht da zwischen seinen hechelnden Hunden und sieht mich an. Dann kommt er heran, die Hunde dicht neben sich, und befiehlt mir, mich wieder hinzuknien. Ich versuche aufzustehen, aber die Hunde machen einen Satz auf mich zu. Also bleibe ich, wie ich bin, den String albern zwischen den Beinen …

Ich knie vor ihm und seinen Hunden und weiß, ich muss dem Ganzen ein Ende bereiten, sonst geht das nicht gut. Ich blicke ihm direkt in die Augen und sage: ›Ich gehe jetzt.‹ Er verzieht keine Miene. Er reagiert nicht, es ist, als hätte ich nichts gesagt. Ich bekomme kaum Luft, bemühe mich aber, mir nichts anmerken zu lassen, und versuche wieder, mich zu erheben. Er sagt nur: ›Macht euch bereit.‹ Bevor ich begreife, wen oder was er damit meint, bewegen sich die Hunde auf mich zu. Die Köpfe vorgereckt, mit steifen Ruten, pirschen sie sich knurrend an mich heran. Sie heben die Schnauzen und wittern meinen Geruch, ohne mich zu berühren. Dann setzen sie sich nah vor mich hin und glotzen mich an, heben grollend die Lefzen und entblößen ihre Zähne.

Ich weiß ehrlich gesagt in dem Moment überhaupt nicht, wie mir geschieht. Vielleicht träume ich das alles auch? Diese Situation ist so fürchterlich, so absurd, das kann ich gerade ganz schlecht sortieren. Das Gute bei mir ist, je schlimmer etwas wird, je unentrinnbarer mir ein Erlebnis erscheint, umso stärker wird mein Kampfgeist. Das hab ich von früher. Das ist ungemein praktisch in meinem Job. Also sage ich: ›Kann ich noch was trinken?‹ – ›Hol's dir.‹ – ›Na ja, ich darf mich ja nicht bewegen.‹ – ›Dann lass es, Nutte.‹ Dass er jeden zweiten Satz mit ›Nutte‹ abschließt, ärgert mich. Überhaupt spüre ich langsam eine gewaltige Wut in mir aufsteigen. Was denkt der sich? Wenn der seine Hunde nicht hätte, wäre ich längst weg. Ich denke kurz an das Gesicht meines Vaters, als ich ihm aus Angst so in die Eier getreten habe. Das denke ich, aber dann wird mir klar, dass ich hier eindeutig die Arschkarte gezogen habe. ›Okay, was soll ich tun?‹ – ›Mach weiter.‹ Ich gucke auf die Hunde. ›Das kann ich nicht mit denen im Zimmer.‹ Er lächelt undurchdringlich. Das ganze Blut verschwindet mit einem Mal aus meinem Kopf. Ich spüre die Angst in meinem Genick, als würde eine eiskalte Hand darüberstreichen und langsam zudrücken. Während ich mich langsam vorbeuge, stütze ich mich auf meine Unterarme und schwenke erneut meinen nackten Hintern. Augen zu und durch! Ich höre das Geifern und Fiepen der Hunde neben meinem Schädel und spüre den Alten, wie er sich hinter mir in Position stellt. Dann spüre ich etwas Heißes, Hartes an meinen Schenkeln. Es bewegt sich auf und ab und wird langsam zu einem rhythmischen Klopfen. Und plötzlich kapiere ich, dass er mich mit seinem Schwanz schlägt. Das Fiepen der Hunde an meinem Ohr wird immer lauter. Ich vergrabe meinen Kopf zwischen meinen Armen und versuche weiterzuatmen. Mir ist übel. Hätte ich etwas gegessen, würde ich jetzt auf den Perser kotzen. Ich spüre etwas Nasses an meinem Gesicht und merke, dass ich weine. Das hatte ich schon lange nicht mehr. Das bringt mich völlig aus der Fassung. Ich schluchze, ich kann nicht mehr.

Irgendwann ejakuliert er auf meinen Rücken, die Hunde springen sofort auf und lecken mich ab. Ich bleibe in meiner Position. Ich kann mich nicht bewegen.

Der Alte zieht seine Hose an, dann pfeift er seine Hunde zu sich, humpelt mit ihnen die Treppe runter und schickt sie in den Garten. Langsam, sehr langsam, rapple ich mich auf. Mechanisch ziehe ich den roten String nach oben. Mein Paillettenkleid liegt auf dem Boden, glitzert immer noch, und das verwundert mich. Und plötzlich ist alles sehr ruhig in mir. Und um mich. Die Farben lassen sich nicht mehr voneinander unterscheiden. Als wäre alles in ein Grau getaucht. Ich spüre keinen Schmerz. Mein Hintern hält einiges aus. Aber beim Anblick des Paillettenkleides muss ich wieder weinen, an Fasching denken von früher. Da bin ich zur Feier in die Stadthalle gegangen. Ich war noch ganz klein und hatte mich als Clown verkleidet. Und der Clown trug eine Paillettenhose, die meine Mutter genäht hatte.

Jetzt, in diesem Augenblick, in diesem schrecklichen Schlafzimmer, wäre ich gern bei ihr. Ich habe solch eine Sehnsucht nach ihrer Stimme, dass es mich fast zerreißt. ›Mama‹, flüstere ich. ›Mama. Hilf mir doch. Bitte. Mama.‹

Da höre ich ihn die Treppe hochkommen. Er stöhnt unwillig. Bestimmt ist er ärgerlich, dass ich so lange brauche. Er kommt ins Schlafzimmer und knallt mir meinen Mantel hin. Ich schaue auf den Boden. Wo ich gekniet habe, ist der Perser verrutscht. Ich bücke mich und ziehe ihn gerade. Dann stehe ich auf und gehe zu dem Tischchen, auf dem meine Flasche und das Glas stehen. Ich will mir gerade noch ein Glas einschenken, ich habe jetzt alle Zeit der Welt. Jetzt ist nichts mehr zu retten. Aber da tritt der Alte flink auf mich zu, reißt mir das Glas aus der Hand und sagt: ›Du hast genug. Raus hier.‹ Ich hebe den Blick. Ganz langsam gleitet er über seinen hellblauen Pullover, seinen faltigen Hals, hält kurz an seinen dünnen Lippen inne, streift die gebogene schmale Vogelnase und bleibt im Nichts seiner Augen hängen. Der Alte wird unruhig, will sich abwenden. Aber ich packe ihn mit beiden Händen an seinen dürren Armen und biege ihn mir so hin, dass er meinem Blick nicht ausweichen kann. Er zetert, ich solle das lassen, aber nachdem ich ihm mein Knie in die Eier gerammt habe, hält er den Mund. Er starrt mich an, den Mund weit aufgerissen, wie zu einem Schrei, aber er kriegt keinen Ton raus. Nur ein Röcheln. Plötzlich habe ich meinen Vater im Arm. Ich schüttle ihn und schreie: ›Was?‹ Ich weiß überhaupt nicht, warum ich ›was?‹ schreie, ich schreie es ununterbrochen. Ich werfe ihn zu Boden und trete ihm mit den hochhackigen Stiefeln ins Gesicht. Seine Brille zerbricht und hängt schief an seiner Wange. Dann trete ich auf seinen Nacken ein, in seine Weichteile. Er gurgelt und wimmert. Seine Hände sind zum Schutz erhoben, als würde er mich anflehen, ihn am Leben zu lassen. Aber je schwächer er wird, je größer sein Schmerz, umso gewaltiger werden mein Hass und meine Kraft. Ich bin außer mir und kann nicht mehr zurück. Mit aller Wucht trete ich ihm in die Rippen. Das Geräusch der krachenden Knochen verleiht mir eine tiefe Befriedigung.

Ich werde das hier ordentlich zu Ende bringen, denke ich kühl. Wie alles in meinem Leben. Seine Augen starren blicklos nach oben, als würde er sich schon auf den Weg in den Himmel machen. Aber da kommt er nicht hin. Ich reiße ihm seine Hose von den Beinen und schlage damit besinnungslos auf ihn ein. Er versucht den Schlägen auszuweichen, langsam schiebt er seinen weißen Leib Richtung Tür. Ich packe sein Gesicht, komme ganz nah an ihn heran, versuche, etwas in seinen Augen zu lesen. Irgendwas. Die Augen sind leer. Wieder schreie ich: ›Was?‹ Aber ich erkenne nichts. Es ist alles umsonst. Ich wende mich zu dem Tischchen, wo die halb volle Proseccoflasche steht, nehme sie, trete hinter ihn und schlage so lange auf seinen Schädel ein, bis er platzt.

Dann gehe ich wie ferngesteuert ins Bad und lasse die Wanne einlaufen. Ich weiß, dass die Hunde mich nicht vom Grundstück lassen. Ich habe Zeit.«

Sie blickte auf die Flusslandschaft. Sie war unendlich müde. Mit schleppender Stimme sagte sie: »Ich möchte jetzt allein sein.«

Die Therapeutin stand leise auf. An der Tür gab sie den Pflegern ein Zeichen. Dann drehte sie sich zu ihrer Patientin um und sagte: »Sie sind nicht allein. Sie schaffen das, ich helfe Ihnen.«

MITTWOCH

37 »Ich weiß nicht, wie lange ich schon neben der Badewanne hocke. Es fühlt sich jedenfalls gut an, mit mir allein zu sein. Ich betrachte die Marmorierung des Bodens und verliere mich in einer Phantasiewelt.

Ich sitze da und lausche dem Tropfen des Wasserhahns. Der Dunst des heißen Wassers hüllt mich ein und gibt mir ein Gefühl von Geborgenheit.

Das Haus spricht, und ich lausche den fremden Geräuschen, unfähig, sie einzuordnen oder zu verstehen. Ich denke an meine Kindheit. An meine erste Kindheit. Als ich noch Kind sein durfte.

Sie hatten ein großes Haus, die Tagesmutter und ihr Mann. Meine Mutter und ich wohnten in der Einliegerwohnung im Souterrain. Auf dem Weg nach unten musste ich durch einen fensterlosen Raum gehen, der meinem Pflegevater als Werkraum diente. Da hingen Sägen und Gartengeräte an der Wand, und es gab eine richtige Werkbank.

An einer Seite war eine Stahltür eingelassen, und

dahinter verbarg sich eine düstere Höhle. Das war der Bombenkeller. Da wir uns in Friedenszeiten befanden, wurden dort Kartoffeln gelagert. Meine Tagesmutter hatte die Bombardierung Dresdens miterlebt und panische Angst vor einem erneuten Krieg.

Ich fürchtete mich vor dem Bombenkeller.

Daran denke ich, während ich neben der Badewanne kauere und auf den Boden starre. Da ist ein Wasserfall, und in seinem Strom, auf halber Höhe zwischen Felskante und Flussbecken, befindet sich eine herabstürzende menschliche Gestalt. Ich weiß, sie wird sterben, denn den Aufprall kann sie nicht überleben. Ich strecke die Hand aus, um den kleinen Menschen in seinem Todessturz zu berühren. Da sehe ich das Blut an meiner Hand. Es ist angetrocknet und krustig. Die Finger kleben aneinander, schwarze Halbmonde unter den Nägeln. Ich richte mich langsam auf, blicke an meinem nackten Körper hinab und registriere, dass überall Blut ist. Zuerst weiß ich nicht, ob es mein Blut ist, und dann schiebt sich das Bild von dem Alten vor meine Augen, wie er röchelnd und blutig auf allen vieren zur Tür kriecht, um meinen Schlägen zu entkommen. Was hat das zu bedeuten? Was ist mit mir geschehen?, frage ich mich.«

Manuela Scriba schaut ihre Therapeutin an, als erwarte sie eine Antwort von ihr. Aber Dr. Minkowa ist erfahren genug, um einfach abzuwarten. Einen Augenblick später fährt ihre Patientin mit ihrer Version der Mordnacht fort:

»Als ich wieder zu mir komme, liege ich auf dem Boden. Ich könnte hier liegen bleiben bis zu meinem Tod, vielleicht würde mich keiner finden. Ich bin unendlich müde. Ich traue meinem Körper keine Bewegung mehr zu. Als wäre ich in kurzer Zeit um hundert Jahre gealtert.

Aber dann sehe ich das Blut an meinem Körper wieder, und ich erhebe mich sehr langsam und schleppe mich zum Waschbecken. Ich muss doch sauber sein, darf nicht schmutzig bleiben. Da ist ein Spiegel, und ich sehe das Gesicht einer Fremden. Als hätte ich eine Maske aufgesetzt. Eine Maske aus Blut. Hell und unwirklich strahlen meine Augen daraus hervor. Oder sind es die Augen meines Vaters? Sie haben mich eingeholt. Er ist da.

Lange stehe ich da und denke nichts. Stehe einfach da.

Dann drehe ich mich langsam nach der Badewanne um und ziehe den Stöpsel raus, damit das unbenutzte Wasser abfließen kann.

Ich stehe da und beobachte den sich immer schneller drehenden Strudel. Wie er sich tapfer in immer kleiner werdenden Wirbeln dreht, bis er endlich gurgelnd und kraftlos vom Abfluss verschlungen wird.

Ich hocke mich in die leere Badewanne, nehme den Duschkopf aus der Halterung und brause mich mechanisch ab. Kratze das Blut mit solcher Kraft von der Haut, dass sich rote Striemen bilden.

Lange sitze ich da. Dann erhebe ich mich und

trockne mich ab. Ich erinnere mich daran, dass mein Kleid und der Mantel noch im Schlafzimmer liegen.

Also gehe ich zurück.

Ich trete nah an ihn heran und sehe dem alten Mann ins Gesicht. Die Augen sind weit aufgerissen, als würden sie etwas für uns Unsichtbares erblicken, der Mund ist geöffnet. Die Hände wie Krallen, als hätte er im Todeskampf versucht, sich an das Leben zu klammern. Wer ist dieser Mensch? Ich fühle nichts, bin wie betäubt. Und irgendwie kommt mir diese Empfindung bekannt vor. Als sei das mein ursprüngliches Wesen und das Bunte in meinem Leben nur Traum.

Ich ziehe mein Paillettenkleid und die Stiefel an, nehme den Mantel und gehe nach unten ins Erdgeschoss. Ich trete ans Fenster und sehe hinaus. Langsam wird es hell. Was ist in all den Stunden geschehen, die ich in diesem schrecklichen Haus verbracht habe? Wochenlang hat es geregnet, jetzt bahnen sich Sonnenstrahlen ihren Weg durch die Zweige der Bäume, und das Grundstück sieht aus wie mit Gold bestäubt.«

Sie lächelt, für einen Moment scheint sie glücklich zu sein.

»Ich denke daran, dass die schrecklichen Dinge in meinem Leben immer in Schlafzimmern stattgefunden haben, und weiß auf einmal nicht mehr, wie ich darauf kam. Meine Gedanken schweben wie

Spinnweben im Wind, und wenn ich danach greifen möchte, gelingt es mir nicht. Als befände ich mich in einem Traum und gelangte nicht ans Ziel.

Auch das Aufbrechen der Wolkendecke am frühen Morgen lässt etwas in mir erklingen. Etwas hat sich verändert. Ich kenne mich nicht mehr. Ich bin mir selbst fremd. Und dem Ort, an dem ich bin.

Ich beobachte zwei Amseln, die auf dem Ast eines Strauchs sitzen, wie sie miteinander flirten. Das Männchen ist sehr aufgeregt und macht sich viel größer, als es in Wirklichkeit ist, plustert sein Gefieder auf. Das Weibchen sieht aus, als würde es sich zu Tode langweilen. Es putzt sein Gefieder und reibt den Schnabel an einem Ast.

Meine Mutter hat mir mal zwei Dompfaffen geschenkt. Fridolin und Fridoline. Die Vögel waren zahm, und im Sommer stellte ich sie bei schönem Wetter in den Garten, damit sie ein bisschen Sonne und Gesellschaft hatten.

Als ich eines Tages von der Schule nach Hause kam, war das Türchen des Käfigs geöffnet, und die Tiere waren weg. Ich weiß noch, dass ich fassungslos in allen Ecken des Käfigs nach ihnen suchte, in der Hoffnung, sie seien womöglich nur geschrumpft.

Meine Mutter schlief, und als ich wenig später auf meinen Vater traf, der durchs Blumenbeet geisterte, wusste ich sofort, dass er das Türchen geöffnet hatte. Ich musste ihm nur in seine Augen sehen. Da brauchte es keine Worte mehr. Ich glaube, dass ich durch ihn meine Sprache verloren habe. Wenn Sprache keinen Sinn mehr macht, lässt man das Sprechen irgendwann.

Später sitze ich vor dem Fernsehapparat im Wohnzimmer. Es gibt noch kein Programm, aber das macht nichts. Ich betrachte die Farben des Standbilds und lausche dem schrillen Ton, der aus den Lautsprechern dringt. In Gedanken male ich Bilder auf den Bildschirm und komponiere eine Melodie aus den hohen Zwischentönen, die nur ich hören kann.

Irgendwann muss ich eingeschlafen sein, denn das durchdringende Scheppern einer Türklingel lässt mich hochschrecken. Die Hunde im Garten bellen wie verrückt. Ich bleibe einfach sitzen. Ich sitze in meinem Sessel und warte. Es läuft eine Nachrichtensendung, aber ich verstehe den Inhalt nicht.

Ich weiß wirklich nicht, wie viel Zeit vergangen ist, aber es ist schon wieder dunkel im Zimmer, als ich plötzlich das Gefühl habe, dass hinter mir jemand steht. Ich höre jemanden atmen.

Ich kann den Ton des Fernsehapparats nicht leiser stellen, denn dazu müsste ich aufstehen. Also bleibe ich regungslos sitzen.

Mein Problem ist, dass ich keine Angst vor etwas Realem habe. Ich habe Angst vor den Untoten. Manchmal wache ich nachts auf, weil ich spüre, dass sich mein Vater auf mein Bett setzt. Ich spüre seine kalte Hand an meiner Wange, aber bevor er mich packen kann, taste ich nach dem Lichtschalter und mache das Nachttischlämpchen an. Und glaube, eine Mulde in meiner Bettdecke zu sehen.

Ich erinnere mich noch genau an die Nacht mit meinem Vater, als ich an den Punkt kam, wo es bei mir nicht mehr weiterging. Es war ungefähr zwei Uhr morgens. Da hatte er mich schon ein paarmal geweckt, ich war hundemüde und hatte Angst vor dem nächsten Schultag. Ich hatte immer Angst vor der Schule, weil ich mich nicht mehr konzentrieren konnte. Das Knarzen des Betts und das Quietschen der Kleiderbügel nebenan hatten mich geweckt. Also stand ich auf und ging in den Flur. Als ich Licht machte, stand mein Vater vor mir. Er trug seine Krawatte und die Nachtmütze. Er musterte mich argwöhnisch durch die Brillengläser, und dann erschien ein hintergründiges Lächeln auf seinen Lippen. ›Ihr glaubt also, dass das so funktioniert?‹ Ich wusste nicht, was er meinte. Ich war müde, und er machte mir Angst. Ich höre noch den flehenden Ton in meiner Stimme, als ich sagte: ›Bitte, Papa …‹

Er wandte sich ab, lief zur Haustür und versuchte sie zu öffnen. Sie war abgeschlossen, und er wurde zornig, begann gegen das Holz zu schlagen und zu rufen. Jetzt weiß ich, dass er in dem Moment mindestens so große Angst hatte wie ich. Er kannte mich nicht und wusste nicht, wo er war. Er war vollkommen allein in seiner Fremdheit. Und ich wusste nicht, wie ich diesen Fremden beruhigen sollte, und schließlich lief ich ins Esszimmer zum Medikamentenschränkchen und holte eine Valium heraus. Ich versuchte sie ihm zu geben, aber er schlug sie mir aus der Hand.

Unser Flur war recht hell. Die Tapete war so ein buntes Blumenmuster. Margeriten. Die Lieblingsblumen meiner Mutter. Der Teppichboden hellbraun. Ein bisschen wie frische Erde. Ich denke, dass meine Mutter ein wenig Fröhlichkeit in unsere Wohnung holen wollte.

Ich stand neben einem roten Schirmständer aus Bambus und beobachtete meinen Vater, wie er gegen die Tür donnerte. Dann kam er plötzlich auf mich zu, nahm seinen Schwanz in die Hand und pisste neben mich zwischen die Schirme. Er fixierte mich dabei, und ein Lächeln lag auf seinen Lippen, das ich nicht vergessen kann. Es war herausfordernd, angriffslustig und zutiefst feindselig. Das grub sich mir ins Herz. Und danach wusste ich, dass es keine Rettung mehr geben würde. Wir waren Verlorene. Jeder für sich. Wir würden nie wieder zusammenfinden.

Die Verzweiflung, die Enttäuschung über diese Erkenntnis ergriff mich in diesem Moment mit solcher Wucht, dass ich etwas tat, was ich bis heute bereue. Ich holte einen nassen Schirm aus dem Ständer und begann, auf meinen Vater einzudreschen. Ich war besinnungslos vor Schmerz. Ich hätte ihn totgeschlagen, wenn nicht irgendwann die Nachbarin geklingelt hätte. Seitdem weiß ich, dass das Böse in mir wohnt.«

Dr. Minkowa unterbrach zum ersten Mal in all ihren Gesprächen ihre Patientin: »Das dürfen Sie nicht sagen. Niemand ist böse. Sie waren als kleines Mädchen ganz einfach überfordert.«

Aber Manuela Scriba fuhr ungerührt fort: »Ich kann es beherrschen, aber in manchen Augenblicken bricht es sich seinen Weg aus mir heraus, das Böse. Neulich habe ich über Hunde mit fehlender Beißhemmung gelesen. Die Hunde sind nicht heilbar, sie beißen so lang auf ihr Opfer ein, bis es sich nicht mehr rührt. Ich bin wie so ein Hund. Mein Gehirn ist in solchen Momenten ausgeschaltet. Dann sehne ich mich nach einer Stille, die ich noch nicht erlebt habe. Die es aber geben muss.«

DONNERSTAG

38 Dr. Minkowa hatte die Sitzung abgebrochen und ihrer Patientin Ruhe verordnet. Manuela Scriba kostete es sichtlich Kraft, sich zu erinnern und ihre Geschichte zu erzählen. Am nächsten Vormittag schien sie noch immer erschöpft von dem, was sie am Vortag durchlebt hatte. Doch sie selbst wollte jetzt offenbar alles loswerden. Sie war noch nicht am Ende ihrer Geschichte angelangt.

»Jedenfalls sitze ich in dem fremden Zimmer vor dem Fernseher und höre auf das Atmen hinter mir. Vielleicht werde ich verrückt, denke ich. Denn da kann niemand sein. Vielleicht ist mein Vater zurückgekehrt. Vielleicht war er nie tot, und ich habe mir das alles eingebildet, so wie ich mir mein Leben eingebildet habe. Das hier ist unser Haus. Ich lebe hier mit ihm und bin dazu verdammt, bis an mein Lebensende auf ihn aufzupassen.

Langsam drehe ich mich um. Aber hinter mir ist es dunkel. Es ist Abend, und die dunklen Möbel werfen lange Schatten, die im Schein des Fernsehers unruhig zucken, als wären sie zum Leben erwacht. Ansonsten keine Menschenseele. Nichts. Und trotzdem habe ich das Gefühl, dass das Zimmer mich loswerden will. Dass alles in ihm sich gegen mich verbündet hat und Rache nehmen wird.

Ich bin mir ganz sicher, dass die Bücherwand sich langsam zu mir vorschiebt. Sie glaubt wohl, dass ich es nicht merke, aber da hat sie sich getäuscht. Ich merke alles. Ich bin geübt darin, hellwach zu sein, wenn andere träumen. Ich überlege, wie ich mich möglichst unauffällig davonmache. Ohne dass die Möbel es bemerken. Wenn ich den Fernseher ausschalte, verliere ich zu viel Zeit. Also erhebe ich mich langsam aus dem Sessel, mache dann vorsichtig einen Bogen um ihn herum, denn die Tür liegt hinter mir. Dann hechte ich nach draußen. Ich weiß, dass es nur so funktioniert. Dass ich gerade noch mal entkommen bin.

Ich knalle die Wohnzimmertür hinter mir zu. Dummerweise gibt es keinen Schlüssel. Ich mache Licht, kauere mich in eine Ecke des Eingangsbereichs und fixiere die Türklinke. Nach einiger Zeit sehe ich, dass sie langsam nach unten gedrückt wird. So vorsichtig, dass man es mit bloßem Auge kaum bemerkt. In meine Angst mischt sich ein Gefühl des Triumphs. Ich bin auf der Hut, ich habe alles im Griff.

Ich taste mich rückwärts zur Küchentür, schlüpfe schnell hindurch und drehe mich um. Auf der Anrichte steht ein Messerblock, ich renne darauf zu und ziehe ein großes Fleischmesser heraus. Dann schleiche ich zurück und in die Eingangshalle.

Die Tür ist jetzt angelehnt, und ich habe das Gefühl, dass mich etwas beobachtet. Der flackernde Schein des Fernsehapparats irritiert mich, und die dröhnende Musik eines *Tatorts* stört mich beim Lauschen. Wieder kauere ich mich in meine Ecke, das Messer vor der Brust, und warte.

Draußen ist Wind aufgekommen, und Regen peitscht gegen die Fensterscheiben. Dann schlägt im Obergeschoss eine Tür. Jetzt höre ich es. Es kommt von oben, nähert sich der Treppe. Das rhythmische Schlurfen sich nähernder Schritte. Gleich hat er die Treppe erreicht, gleich müsste er oben zu sehen sein. Ich fühle mich etwas überfordert, dass sie versuchen, mich einzukreisen, habe ich nicht einkalkuliert.

Jetzt ist es still. Was auch immer sich oben dem Treppenabsatz genähert hat, es bewegt sich nicht mehr. Ich warte. Ich weiß, dass sie mich beobachten. Aber ich gebe nicht auf.

Dann weiß ich nichts mehr. Als ich wieder erwache, liege ich vor der Eingangstür. Wie ich da hingekommen bin, keine Ahnung. Mein Messer ist weg. Panik ergreift mich, ich richte mich auf und blicke mich suchend um. Da sehe ich, dass die Tür zum Wohnzimmer geschlossen ist. Es ist still, der Regen hat aufgehört.

Ich erhebe mich und gehe leise zur Küche. Blicke hinein. Auf der Anrichte sehe ich den Messerblock.

Und darin steckt mein Messer. Jetzt muss ich hier langsam verschwinden, denke ich. Jetzt wird es ungemütlich.

Ich gehe ans Fenster und gucke hinaus. Es ist noch dunkel im Garten, ich kann die Hunde nicht sehen. Neben der Tür sind ein paar Lichtschalter angebracht, ich probiere sie durch, plötzlich geht draußen das Licht an. Da kommen die Hunde angerannt und postieren sich hechelnd und hysterisch bellend auf der anderen Seite der Haustür. Wie komme ich hier nur raus?

Gehe wieder in die Küche und entdecke eine Tür, die in den Garten führt. Ich vergewissere mich, dass die Tiere noch vor der Haustür sitzen, dann öffne ich die Gartentür in der Küche und pfeife kurz. Schon höre ich sie um die Ecke des Hauses preschen, renne zurück, schließe die Küchentür von außen und lausche. Die Hunde stürmen in die Küche, verharren kurz, schnüffeln, bellen, doch dann siegt der Hunger, und sie stürzen sich auf das Futter, das ich ihnen hergerichtet habe.

Schnell packe ich meinen Mantel und laufe zur Haustür, öffne sie leise und renne über den Rasen zum Tor. Das Schloss ist gesichert, also klettere ich über den mannshohen Zaun und schneide mich an den messerscharfen Spitzen. Aber ich spüre keinen Schmerz mehr.

Dann stehe ich auf der Straße, und vor mir steht der Mini. Er ist nicht abgeschlossen, der Schlüssel steckt. Ich steige ein und fahre einfach los. Immer der Straße nach. Es ist kalt im Auto, ich finde den Knopf für die Heizung nicht. Ich habe das Gefühl, dass hinter mir jemand sitzt und mich beobachtet. Dauernd drehe ich mich nach hinten um und gucke. Aber da ist nichts. Irgendwann parke ich, ich halte es nicht mehr aus im Auto und laufe los, auf ein Wäldchen zu. Ich erinnere mich noch, dass ein Vogel zwitscherte.«

Ein kleiner Sonnenstrahl fiel ins Zimmer. Er schien auf die Flusslandschaft an der Wand und tauchte den Strom in goldenes Licht. Die beiden Frauen saßen einander gegenüber und schwiegen. Jede für sich hingen sie den Bildern nach, die diese Erzählung in ihnen ausgelöst hatte.

»Das ist eine furchtbare Geschichte, die Sie da erlebt haben. Das tut mir sehr leid«, sagte die Therapeutin. »Aber ich werde Ihnen helfen, das alles zu überstehen. Das, was hinter Ihnen liegt, und alles, was jetzt auf Sie zukommen wird.«

Lange saß die junge Frau reglos da und schien nachzudenken. Dann sagte sie leise: »Ja, ich würde so gern im Sommer noch mal in die Sonne gehen, ohne Angst zu haben.«

39

Immer wieder erzählte sie von den Tagen in der Villa. Jedoch schien sie unfähig, im Nachhinein zu erkennen, was Traum und was Wirklichkeit gewesen war. An manchen Tagen behauptete sie steif und fest, den alten Mann gesprochen zu haben. Er sei in Argentinien und habe sie angerufen, um nach dem Verbleib der Hunde zu fragen. Aber das wisse sie natürlich nicht. Da habe sie ihn enttäuschen müssen.

An anderen Tagen sagte sie, sie habe Ausgang gehabt und sei am Grab ihres Vaters gewesen. Dummerweise sei das nur nachts möglich gewesen, aber da sie den Weg gut kenne, habe sie auch im Dunkeln hingefunden. Sie sei dann über die Friedhofsmauer geklettert, habe sein Grab aufgesucht und sich daraufgelegt, um ihrem Vater ganz nah zu sein. Sie habe dann seine Stimme vernommen. Von weit unten. So hätte sie die Nacht verbracht und sei sich jetzt sicher, dass er ihr irgendwann verzeihen werde.

»Was soll er Ihnen verzeihen? Sie haben mehr geleistet, als man von einem Kind verlangen kann«, sagte die Ärztin. Als die junge Frau nicht reagierte, fügte sie hinzu: »Sie waren damals ein Kind. Sie waren zehn Jahre alt, als Sie sich um ihn kümmern mussten. Sie waren ein kleines Mädchen und mit der Situation restlos überfordert. Selbst Erwachsene wären dieser Aufgabe nicht gewachsen.«

Tränen liefen der jungen Frau übers Gesicht. »Ich dachte mein ganzes Leben lang, ich sei so stark, mich würde nichts mehr in die Knie zwingen. Ich wollte das alles hinter mir lassen und nur nach vorn sehen. Eine andere sein. Ich habe mich immer gehasst. Weil nur ich weiß, wer ich wirklich bin. Nur ich weiß das. Ich ertrage mich nicht mehr.«

Jetzt weinte sie hemmungslos. Sie umarmte ihren Oberkörper, wie sie es so oft tat, wiegte ihn sanft vor und zurück, während sie den Kopf nach hinten warf. Der Ton, der sich ihrer Kehle entrang, klang wie der Schrei eines sterbenden Tieres. Die Psychiaterin musste sich beherrschen, um nicht aufzustehen und ihre junge Patientin in den Arm zu nehmen.

Nach einiger Zeit beruhigte Manuela Scriba sich. »Mein Vater war nur ein Auslöser. Ich habe das schon vorher gemacht, dass ich Lebewesen misshandelt habe. Schon bevor wir zu ihm gezogen sind.« Sie schaute auf ihre Flusslandschaft und sah aus, als ließe sie sich forttragen in ihre frühesten Kindheitserinnerungen.

»Den Pudel meiner Tagesmutter habe ich verhauen, als die in den Ferien waren. Mit einem Scheuerlappen. Er wollte nicht fressen, und ich hatte ihm extra was gekocht. Da war ich vielleicht sechs Jahre alt und allein mit ihm in dem großen Haus, weil meine Mutter gearbeitet hat. Ich sagte ihm, er solle fressen, was man ihm gibt, sonst könnte er was erleben. Er weigerte sich und verkroch sich in eine Ecke. Ich war so erzogen worden, dass der Teller leer gegessen wird. Immer. Und wenn ich danach kotzen musste, hieß es, ich sei undankbar. Ich hasste es zu essen. Für mich war das immer mit Zwang verbunden. Ich habe das nie genossen. Warum sollte es dem Hund besser gehen? Dabei habe ich ihn geliebt.

Später habe ich mich dann als gute Fee verkleidet, bin wieder zu ihm hin und habe ihm gesagt, dass ich jetzt echt sei und das andere Mädchen ein böser Traum. So habe ich es immer gemacht.

Ich bin eigentlich zu zweit. Die kalte Seite brauche ich, um nicht unterzugehen, um mich gegen die Welt behaupten zu können, ohne verletzt zu werden. Und die warme ist nur für mich. Damit ich nicht immer traurig bin und mich manchmal wärmen kann, wenn niemand zusieht.«

FREITAG

40 »Erzählen Sie von dem Tag, an dem Ihr Vater starb.«

»Da war ich zwölf. Ich erinnere mich daran, dass ich an dem Tag frühmorgens in meinem Zimmer auf dem Boden saß und aus dem Fenster blickte. Es regnete, die Wolken hingen tief und grau über den Bäumen, als der Himmel plötzlich auseinanderbrach und die Sonne gleißend durch die Wolken schien. In dem Moment wusste ich, dass etwas passiert war. Ich stand auf und ging nach nebenan ins Schlafzimmer meiner Eltern. Dort lag mein Vater und wartete auf den Tod. Zu der Zeit betrat ich den Raum schon ungern. Der süßliche Geruch, den sein magerer Körper ausströmte, der starre, leere Blick seiner Augen, das rasselnde Stöhnen, das er immer wieder von sich gab. All das war mir zuwider. Nicht, dass ich mich fürchtete, aber ich hatte lieber Menschen um mich, die funktionierten. Das geht mir bis heute so. Vielleicht liegt das an meinem Beruf, ein gewisses Maß an körperlicher Fitness ist da schon ganz hilfreich.« Sie lächelte kurz in sich hinein, fuhr aber gleich fort: »Ich stand an dem Bett meines Vaters und guckte in sein Gesicht, als er sich plötzlich aufrichtete, die Augen weit aufriss, einen tiefen Seufzer ausstieß, in sein Kissen zurücksank und starb. Das ging sehr schnell, und ich muss sagen, dass ich in dem Moment sehr froh war. Ich habe ihn nicht gemocht.«

Sie dachte an seine blauen Augen und die schlurfenden Schritte, wenn er unruhig durch die Wohnung gegeistert war.

»Das kann ich immer noch schwer begreifen. Dass er mich nicht erkannte, das kann ich bis heute nicht fassen. Ich bin kein Mensch, der schlechte Erfahrungen ein Leben lang mit sich rumschleppt und alles, was ihm in der Gegenwart so passiert, mit der Vergangenheit in Verbindung bringen möchte. Von wegen, weil dein Vater dich nicht lieben konnte, kannst du auch nicht lieben. Was für ein Blödsinn! Du rächst dich an den Männern, die dir über den Weg laufen, indem du sie ausnimmst. Damit kann ich überhaupt nichts anfangen. Das ist schon alles meine eigene Entscheidung. Ich kann Entscheidungen treffen. Ich bin ja nicht geistig umnachtet, nur weil er verrückt war.«

Die beiden Frauen sahen einander an.

»Ja, da haben Sie recht«, sagte Dr. Minkowa. »Aber ganz so einfach ist es nicht. Sie dürfen nicht alle Schuld bei sich suchen.«

»Mein Leben war überschaubar, und das ist wichtig für mich. Ich hatte genug Kohle, um es mir einigermaßen gut gehen zu lassen, und dass das Geld nun mal von den Männern kam, denen ich einen runtergeholt habe, daran konnte ich nichts Schlechtes finden. Irgendwoher muss es kommen, es wächst ja nicht auf den Bäumen.«

Es folgte eine lange Pause, in der sie über ihre Vergangenheit nachdachte. Über die Männer, die sie bezahlt hatten. Dann lächelte sie.

»Jetzt spreche ich doch in der Vergangenheit. Aber es gibt kein Zurück mehr.«

Nach einer erneuten Pause, in der sie an einer Haarsträhne herumzwirbelte, fuhr sie leise fort.

»Im Grunde habe ich keine Probleme damit, wenn mich ein Typ anfasst. Ist sein gutes Recht, er bezahlt ja dafür.«

Sie stockte, dann sagte sie unvermittelt.

»Wirkliche Todesangst hatte ich, wenn sich mein Vater auf mich draufgesetzt hat und mir ins Gesicht schlug. Wenn ich ihm zu frech wurde, hat er mich so lange rund ums Haus gejagt, bis er mich hatte. Dann hat er mich gepackt, auf den Boden geschmissen, sich auf mich draufgesetzt und mir ins Gesicht gelacht. Wenn ich dann immer noch frech war, hab ich mir ein paar gefangen. Er konnte noch mit siebzig rennen wie ein Wiesel, er war, glaube ich, ganz früher mal deutscher Leichtathletikvizemeister. Das macht mich schon stolz. Also das schnelle Rennen hab ich von ihm geerbt. Ich hab auch die gleiche Knieform.«

Sie lächelte vorsichtig, denn darauf war sie wirklich stolz. Es schien, als hätte sie ihren Vater vergöttert.

»Ich sehe auch aus wie er. Ich hab die gleichen Augen und die gleiche Nase und den gleichen Mund. Die gleichen schiefen Zähne und die gleichen ungleichen Ohren. Ich mag das alles. Sehr. Meine Eltern haben eigentlich immer nur über Geld geredet. Nicht über Liebe oder dass sie froh sind, mich zu haben, oder so.«

Sie machte eine Pause, weil ihr plötzlich bewusst wurde, wie unzusammenhängend sie erzählte. Aber es hatte ihr gefehlt als Kind. Dann wischte sie den Gedanken beiseite.

»Wäre ja auch zu viel verlangt gewesen. Ich kostete ja zusätzlich.«

MONTAG

41 »Das ganze Wochenende über habe ich versucht herauszufinden, warum ich ausgerechnet als Prostituierte gearbeitet habe, wo ich mich doch so vor nackten Männern geekelt habe. Ich fand Männer schon immer abstoßend. Aber auf eine komisch anziehende Art. Verstehen Sie, was ich meine? Ich habe mich vor meinem Vater und seinem Schwanz geekelt. Es war mir fast unerträglich, ihn zurück ins Bett bringen zu müssen. Und ich war irgendwie wütend auf ihn, weil er mir das antat. Weil er mich benutzte, um ihn anzusehen. So empfand ich das zumindest als Kind. So, als sei ich daran schuld gewesen, dass er auf einmal nackt vor mir stand.

Vielleicht war es deshalb wichtig für mich, Männer zu dominieren. Mit ihnen zu spielen. Und Sex ist ja wohl auch eine Art Spiel, um Macht und so. Keine Ahnung.

Ich war felsenfest davon überzeugt, dass ich keine schlimmen Macken davongetragen habe. Bis der alte Mann mir dann begegnet ist.«

Sie spürte, wie der Hass und die Verzweiflung wieder in ihr hochkamen. Die Übelkeit, die ihren Gaumen zusammendrückte, und den heißen Speichel, der sich in ihrem Mund ansammelte. Das Pfeifen in ihren Ohren begann und schwoll so in ihr an, dass sie sich wie von der Welt abgeschnitten fühlte. Taub und blind und gefühllos. Sie atmete tief ein und versuchte, bei sich zu bleiben.

»Der hat den Tod verdient«, flüsterte sie. Ihre Stimme klang heiser. »Der hatte kein Recht dazu, weiterzuleben. Das dreckige Schwein.« Sie sah Dr. Minkowa lange an. So, als warte sie auf ein Zeichen der Zustimmung. »Oder?«

Ihre Ärztin aber blieb stumm und rührte sich nicht. Kein Zeichen des Einverständnisses war zu erkennen, und plötzlich hatte die junge Frau das Gefühl, nicht verstanden zu werden. Angeklagt zu werden für eine Tat, die unvermeidbar gewesen war. Sie hatte aus Notwehr gehandelt. Der alte Mann hatte ihr die Würde geraubt. Solche Männer musste sie doch bestrafen.

»Finden Sie nicht?«

»Was meinen Sie?«

»Dass er den Tod verdient hat.«

»Er hat Ihnen bestimmt sehr wehgetan. Und in dem Moment wussten Sie keinen anderen Ausweg.«

»Das war nicht meine Frage.«

»Ich spreche kein Urteil über Sie. Aber es ist nicht richtig, anderen Menschen das Leben zu nehmen.

Und das wissen Sie auch. Aber es ist wichtig zu verstehen, warum das alles geschehen ist.«

»Sie geben mir die Schuld an dem, was passiert ist?«

»Ich möchte Ihnen helfen zu verstehen, damit Sie mit all dem besser fertig werden.«

»Was ist das für eine Scheiße? Dieses Schwein war es nicht wert! Ihr kotzt mich an mit eurer Scheißgerechtigkeit, mit dieser Feigheit! Ihr habt doch keine Ahnung vom Leben. Ihr sitzt auf euren Samthöckerchen und faselt dieses selbstgefällige Scheißzeug. Lasst mich in Ruhe. Haut ab! Ihr wisst es nicht! Ihr wisst es nicht!«

Sie war aufgesprungen und schlug mit der Faust auf den Tisch ein.

Die Therapeutin stand langsam auf. Ein Pfleger erschien an der Tür und fragte sie etwas. Doch sie schüttelte nur stumm den Kopf und ging hinaus.

DIENSTAG

42 Als die junge Frau am nächsten Morgen erwachte, dachte sie an die letzte Begegnung mit der Psychiaterin. Und ihre Wut und Enttäuschung verwandelten sich in Misstrauen. Ein Misstrauen, das sie allzu gut kannte. Sie fühlte sich verraten. Sie konnte sich nicht schuldig fühlen, warum verstand das niemand?

Sie saß auf ihrem Bett, den Rücken an die Wand gelehnt, und versuchte ihre Gedanken zu sortieren. Bemühte sich, ihre Gefühle zu dem alten Mann zu verstehen, ihre Wut auf ihn. Aber es gelang ihr nicht. Sie konnte sich nicht konzentrieren, in ihrem Kopf herrschte Chaos. Dabei spürte sie, dass diese Geschichte noch nicht zu Ende war. Sie spürte, dass sie auf Dr. Minkowa hören musste, sonst würde das in ihrem Kopf nie aufhören.

MITTWOCH

43

Der Pflichtverteidiger versuchte mit der jungen Frau ins Gespräch zu kommen. Sie schien kein besonderes Interesse daran zu haben, sich verteidigen zu lassen. Jetzt saß sie teilnahmslos in ihrem Zimmer, der Wind warf Schneeflocken an die Scheibe des kleinen Fensters. Die junge Frau beobachtete, wie sich eine undurchsichtige Schneewand am unteren Rand des Glases bildete und sich langsam emporarbeitete. Bald würde man nicht mehr hinaussehen können, von der Umwelt abgeschnitten sein. Das wäre schön.

Sie wusste nicht, was sie in der letzten Zeit so niedergedrückt hatte. Wie ein auf dem Rücken liegender Käfer hatte sie sich diesem Gefühl ausgeliefert. Sie konnte nicht fliehen, weil sie nicht erkannte, woher das Dunkel gekommen war. Das waren die Momente, wo sie tot sein wollte. Wo sie sich unter normalen Umständen, in der sogenannten Freiheit, das Leben genommen hätte. Der einzige Grund, warum sie sich manchmal wünschte, draußen zu sein. Endlich tot sein. Endlich Ruhe.

Aber jetzt ging es ihr langsam besser.

Sie hatte sich an ihr Zimmer gewöhnt. Es war zu einer Art Heimat für sie geworden. Zwar gab es darin nichts, was ihr gehörte, sie wollte auch nichts Privates in ihrer Nähe haben, das machte sie zu angreifbar und erinnerte sie zu sehr an das, was gewesen war. Aber ihr Geruch war mittlerweile in dem kleinen Raum, und wenn sie von draußen hereinkam, fühlte sie sich geborgen. Wie ein Hund, der in seine Hütte zurückkehrt.

Ihr altes Leben war vorüber. Sie hatte versäumt, es zu nutzen. Das spürte sie.

Der Schnee ließ sie plötzlich an einen Schulausflug denken. In den Faschingsferien war sie mit ihrer Klasse zum Skifahren nach Österreich gefahren. Das war ein großes Ereignis, weil sie ja sonst nie von zu Hause wegkam, und sie hatte sich sehr darauf gefreut. Da die Eltern kein Geld hatten, bekam sie alte Holzskier von der Nachbarin geliehen. Die hatten keinen Stahlrahmen und waren an den Rändern abgesplittert und ausgefranst. Sie hatte keinen Skianzug und war am Berg in kürzester Zeit klatschnass. Außerdem war sie extrem kurzsichtig, konnte aber ihre Brille nicht aufsetzen, weil die sofort beschlug. Die Klassenkameraden hatten nach jeder Abfahrt auf sie gewartet und sich die Beine in den Bauch gestanden. Sie glaubte, jedes Kind bete darum, dass sie sich ein Bein brechen und nach Hause zurückfahren würde. Am dritten Tag konnte sie nicht mehr. Sie stand morgens nicht mehr auf. Sie aß nicht mehr und sprach nicht mehr. Sie war nicht mehr da. So verbrachte sie die restlichen zwei Tage allein, und je mehr ihr bewusst war, dass sie immer einsamer wurde, desto weniger konnte sie dagegen machen. Sie gab sich diesem Zustand hin und spann sich ein in ihre Einsamkeit.

Wie traurig, wenn man das Scheitern lange vorher erkennt, beobachtet, wie es sich langsam anschleicht. Und anstatt zu fliehen, bleibt man bewegungslos und lässt sich fangen.

Das erzählte sie der Psychiaterin, als sie sich nachmittags wieder trafen. Obwohl sie nicht mehr mit ihr sprechen wollte, konnte sie nicht anders. Sie musste es einfach erzählen. Sie brauchte dieses Gefühl, das sie nicht beschreiben konnte. Es war nicht Erleichterung. Vielleicht Genugtuung? Auf jeden Fall fühlte sie sich immer ein bisschen weniger allein.

Dr. Minkowa sah sie lange traurig an und nickte dann kaum wahrnehmbar. Das war mehr wert als tausend Worte. Dieser kleine Augenblick des Mit-ihr-Seins machte die junge Frau unendlich glücklich.

Warum hatte ihre Mutter nicht so gucken können?

DONNERSTAG

44 Wieder ist es Nacht. Sie kauert vor dem Medizinschränkchen der Eltern im Esszimmer. Der Vater ist wach, sie muss sich beeilen. Deshalb nimmt sie die Schachteln mit dem Valium und dem Lexotanil heraus und löst die Pillen aus der Verpackung. Dann häuft sie sie vor sich auf den Teppichboden zu einem kleinen Berg.

Sie hört die Schritte des Vaters im Flur. Sie kommen näher. Panisch sucht sie in den Schränken nach einem Behälter, um die Pillen zu verstecken. Sie kann nichts finden. Die Schränke sind voller Nippes. Kinder und Hunde aus Porzellan.

Da steht er vor ihr. Er sieht sie mit einem Blick an, der nichts Gutes verheißt. »Hallo, Papa, ich sortiere gerade deine Medizin.«

Sein Mund verzieht sich zu einem traurigen Lächeln, dann schüttelt er sacht den Kopf, als würde er ihre Lüge durchschauen.

Trotzdem reicht sie ihm ein paar Tabletten und lächelt. Er schlägt nach ihrer Hand, dann dreht er sich um und verschwindet wieder in den Flur. Die Schritte klingen noch lange in ihren Ohren nach, und auf einmal weiß sie, dass sie ihn nie mehr loswerden wird. In ihrem ganzen Leben nicht.

FREITAG

45 Die Ärztin nahm eine Veränderung wahr, die sich in der Patientin vollzog. Sie schien ruhiger zu werden. Aber sie erzählte wenig und schien gedanklich oft abwesend zu sein. Dr. Minkowa hätte gern Anteil gehabt an den Geschichten, die durch Manuela Scribas Kopf spukten, ihr ein wenig von der Angst und Niedergeschlagenheit genommen, die ganz sicher in ihr herrschten. Aber ihre Patientin kapselte sich mehr und mehr ab. Sie wirkte erschöpft, als ob sie sich den Gedanken und Erinnerungen, die sie niederdrückten, vollkommen ergab. Sie schien den Widerstand langsam aufzugeben, die Macht der Vergangenheit zuzulassen.

Es konnte ein gutes Zeichen sein, wenn ein Patient den Schmerz nicht mehr ausschloss. Sich nicht wehrte und selbst betrog, um nichts spüren zu müssen.

Die Ärztin sprach fast täglich mit der jungen Frau, und auch wenn diese nur wenig von sich gab, hatte Dr. Minkowa dennoch das Gefühl, dass ihr ihre Anwesenheit gut tat.

SAMSTAG

46 Als Dr. Minkowa in die Krankenstation der Haftanstalt gerufen wurde, wusste sie, dass etwas Ernstes geschehen sein musste. Man hatte die Inhaftierte bei dem abendlichen Kontrollgang ohnmächtig und blutüberströmt in ihrem Zimmer vorgefunden. Sie war nicht ansprechbar und hatte offenbar versucht, sich den Schädel zu zertrümmern, indem sie ihn immer wieder gegen die Wand geschlagen hatte.

Dr. Minkowa eilte durch die leeren Flure und trat schwer atmend durch die Tür der Notaufnahme. Manuela Scriba lag auf einem Bett, den Kopf bandagiert. Als sie ihre Therapeutin erblickte, begann sie zu weinen. Dr. Minkowa setzte sich an ihr Bett, nachdem sie darum gebeten hatte, ein paar Minuten mit der Patientin allein sein zu dürfen. Lange sahen sie sich an.

Dann sagte die junge Frau leise: »Ich hab heute Nacht den Traum zu Ende geträumt. Wissen Sie? Den Traum, der mich immer so quält und bei dem ich nie wusste, was daran nicht stimmte. Jetzt weiß ich es.«

»Sie müssen jetzt nicht darüber sprechen, wir haben Zeit. Bleiben Sie ganz ruhig, alles wird gut.«

Der zuständige Arzt hatte Manuela Scriba starke Schmerz- und Beruhigungsmittel gegeben, doch sie zitterte am ganzen Leib.

»Nein, nein, ich muss es sagen. Bitte, bleiben Sie, gehen Sie nicht weg, Sie müssen wissen, wer ich bin, damit ich da rauskomme. Ich will da raus.« Sie schluchzte auf, Tränen rannen über ihr geschwollenes Gesicht. »In den Träumen wusste ich immer, dass das Ende mich irgendwann einholen wird.«

»Dann erzählen Sie. Ich höre Ihnen zu«, sagte Dr. Minkowa.

Lange schwieg ihre Patientin und starrte mit leerem Blick an die Zimmerdecke. Dr. Minkowa nahm ihre kalte Hand und hielt sie fest.

»Es war mitten in der Nacht. Draußen tobte ein Sturm, der Wind pfiff und heulte, die Fensterläden klapperten. Und ich hatte Angst. Meine Mutter arbeitete, und ich war wie immer allein mit meinem Vater. Die letzten Tage und Nächte war er zu schwach gewesen, um aufzustehen. Und meine Mutter hatte mehr als einmal zu mir gesagt: ›Jetzt geht es zu Ende mit Papa.‹ Aber ich traute dem nicht. Ich konnte mir nicht vorstellen, jemals von ihm erlöst zu werden. Es war schon so oft so gewesen, dass er nach Tagen absoluter Schwäche plötzlich wieder im Türrahmen stand und nach etwas zu essen verlangte. Obwohl er gar nicht mehr schlucken konnte.

Ich lag also in meinem Bett und lauschte und wusste nicht, ob mich der Sturm geweckt hatte oder ein anderes Geräusch. Reglos lag ich da, und plötzlich vernahm ich das Geräusch der Türklinke, wie sie langsam nach unten gedrückt wurde. Sie quietschte immer leise, aber doch laut genug, dass ich stets davon aufwachte oder einen Schrecken bekam. Ich war auf dieses Geräusch trainiert.

Ich bewegte mich nicht. Ich wusste nicht, wer sich da an meiner Tür zu schaffen machte, denn den Vater hatte ich vor Stunden bettfertig gemacht, ich hatte gesehen, wie er in einen todesähnlichen Tiefschlaf gesunken war.

Langsam öffnete sich die Tür, und in dem schwachen Lichtschein erkannte ich die Umrisse meines Vaters. Er stand unbeweglich im Türrahmen und starrte in meine Richtung. Die weiße Haut seines abgemagerten Körpers leuchtete gespenstisch, und ich wagte nicht zu atmen. Seit Tagen war er nicht mehr aufgestanden, er war nicht mehr ansprechbar gewesen, hatte sich vielleicht schon auf den Weg ins Totenreich gemacht, wie meine Mutter die ganze Zeit sagte. Es war wie eine Wiederauferstehung, Todesangst schnürte mir die Kehle zu.

Den Bruchteil einer Sekunde schoss mir der Gedanke durch den Kopf, dass ich wahrscheinlich träumte, aber da löste mein Vater sich vom Türrahmen und kam auf mich zu. In der Hand hielt er seinen Spazierstock. Das leise Klackklack, als er auf mein Bett zusteuerte, mischte sich mit dem Geräusch des Windes. Auf der Terrasse krachten die Stühle gegeneinander, und ich zuckte zusammen, als hätte man mich geschlagen. Was mir genau durch den Kopf ging, weiß ich nicht mehr. Nur, dass das nicht sein konnte. Dass er doch im Sterben lag.

Ich hatte manchmal schon zaghaft daran gedacht, wie das wohl sein würde, wenn ich wieder Freundinnen haben könnte, wenn ich nachts schlafen dürfte, und vor allem keine Angst mehr haben müsste. Jetzt schien dieser Traum in weite Ferne zu rücken. Mein Vater würde nie sterben. Er hatte sich erholt.

Er gurgelte ein leises, hohes ›Hallo?‹, ich rührte mich nicht. Langsam kam er näher. Sein Atem rasselte. Es fiel ihm schwer, sich in der Dunkelheit zurechtzufinden, aber er schien sich an den Weg zu meinem Bett zu erinnern. Als er sich zu mir hinabbeugte, um meine Bettdecke zu befingern, stöhnte er tief auf. Sicher hatte er Schmerzen. Ich rutschte an die äußerste Bettkante und drückte mich an die Wand. Ich hatte solche Angst davor, das Licht anzumachen, weil ich wusste, welcher Anblick mich erwarten würde. Ich hörte, wie mein Vater sich langsam auf dem Bett vorschob und mit den Händen über die Matratze strich, als würde er etwas suchen. Immer näher kam er mir, da nahm ich all meinen Mut zusammen, stützte mich an der Wand ab und trat in die Dunkelheit hinein, bis ich seinen harten, mageren Körper unter den Fußsohlen spürte. Ich trat immer weiter, trat ihm in die Rippen und ins Gesicht, war gepackt von einer Todesangst, für die es keine Worte gibt. Er sackte vom Bett, ich hörte ein dumpfes Poltern und spürte keinen Widerstand mehr. Dann sprang ich auf, rannte zur Tür und im Dunkeln weiter in die Küche. Da kauerte ich mich in eine Ecke und wartete. Nichts passierte. In der Wohnung war es totenstill, kein Geräusch drang zu mir.«

Sie brach ab. Ihr Körper wurde von Schluchzen geschüttelt, und ihre Augen flackerten panisch.

»Versuchen Sie, weiterzusprechen. Was geschah in der Küche?«

»Irgendwann fasste ich einen Plan. Ich stand auf, machte überall Licht und öffnete die Tür zu meinem Kinderzimmer. Als die Lampe anging, sah ich ihn vor meinem Bett liegen. Er lag mit dem Gesicht nach unten, der Körper war gekrümmt, die Beine angewinkelt. Langsam trat ich zu ihm hin. Seine Augen waren geöffnet, und er starrte auf etwas, das ich nicht sehen konnte. Neben ihm lag mein Stoffhund. Den hatte ich von meiner Tagesmutter bekommen, als wir wegziehen mussten. Wahrscheinlich war er durch mein Strampeln vom Bett gefegt worden.

Obwohl ich Angst vor meinem Vater hatte, kniete ich mich neben ihn und sagte: ›Hallo, Papa, was machst du denn da auf dem Boden?‹ Ich erinnere mich plötzlich ganz genau an diesen Satz und wie ich ihn gesagt habe, halb fragend, halb scheinheilig, weil ich's ja eigentlich wusste.

Er versuchte, mich anzusehen, aber seine Augen verharrten auf halbem Wege und blieben an etwas anderem hängen. Dann sagte er sehr leise etwas, was ich nie mehr in meinem Leben vergessen werde. Vielleicht war das der erste Satz, der an mich gerichtet war. Er sagte: ›Goldchen, es tut mir leid. Nicht schimpfen.‹

Obwohl er sicher dachte, dass er mit meiner Mutter sprach, denn sie war das Goldchen, ich nur das Balg, machten mich diese wenigen Worte glücklich. Ich fühlte mich meinem Vater in diesem Moment das erste Mal in meinem Leben nah, und ich spürte auch, dass das der Augenblick war, auf den ich immer gewartet hatte.«

Wieder stockte sie. Und ihre Worte waren danach schwer zu verstehen, weil sie das Weinen unterdrücken musste: »Ich wollte diesen Moment so gern festhalten.«

Die Therapeutin streichelte sanft ihre Hand und wartete geduldig, bis die junge Frau die Kraft fand, weiterzusprechen.

»Es war sehr still in meinem Kinderzimmer. Der Wind draußen legte sich langsam. Ich saß neben meinem Vater auf dem Boden und streichelte sein weniges graues Haar. Er hatte die Augen beinah geschlossen, stöhnte im Rhythmus seines Atems und röchelte leise. Irgendwann flüsterte er: ›Ich bin durstig.‹

Da stand ich auf, lief in die Küche und füllte Wasser in ein Glas. Als ich am Medikamentenschränkchen vorbeikam, blieb ich stehen, bückte mich und öffnete es. Ich nahm die Valiumtabletten heraus, das Lexotanil, gab beides in das Glas, ging zum Küchenschrank, holte den Mörser aus der Schublade und zerrieb alles zu einem weißen Brei. Dann ging ich zurück in mein Zimmer, kniete mich neben meinen Vater auf den Boden, nahm sacht seinen Kopf in meinen Arm, öffnete seinen Mund und flößte ihm das Gift ein. Er schluckte widerwillig, gurgelte und versuchte, sich zu wehren. Aber ich war stärker als er. Ich umklammerte sein Gesicht und zwang ihn dazu, alles hinunterzuschlucken.

Irgendwann wehrte er sich nicht mehr, da hielt ich seinen Kopf wieder sanfter und murmelte Worte, die ich nicht kannte. Ich streichelte wieder sein Haar und wiegte ihn wie ein Kind. Und ich schwöre, ich schwöre, nie habe ich ihn so unendlich geliebt wie in diesem Moment.«

Ihr Körper verkrampfte sich, sie schloss die Augen, dann seufzte sie und fuhr fort:

»Er blickte auf und sah mir in die Augen. Und da hatte ich das Gefühl, dass er wusste, wer ich war. Zum ersten Mal. Später habe ich ihn über den Flur in sein Bett zurückgezerrt. Ich habe ihn schön zugedeckt, ihm übers Gesicht gestreichelt, das Licht gelöscht und die Tür geschlossen. Danach ging ich zu Bett und wartete auf den Tagesanbruch.

Ich wusste, dass er nicht mehr aufstehen würde. Und der letzte Mensch, den er in seinem Leben gesehen hatte, war nicht meine Mutter. Sondern ich. Das machte mich glücklich.«

Sie schwieg, und es breitete sich eine unendliche Stille aus. Auch Dr. Minkowa sagte nichts, vielleicht weil sie sprachlos war, vielleicht weil sie ahnte, dass Manuela Scriba noch etwas hinzufügen wollte. Und tatsächlich öffnete ihre Patientin in diesem Augenblick den Mund und sprach weiter:

»Ich wünsche mir so sehr, dass er mir verzeihen kann. Dass er mich verstehen kann. Ich würde gern mit ihm darüber sprechen, was geschehen ist. Als würden wir uns gegenseitig eine Geschichte erzählen. An einem strahlenden Sommernachmittag, auf unserer Terrasse, vor dem großen Blumenbeet, und aus der Küche strömt der Duft von frisch gebackenem Kuchen. Dann würde meine Mutter aus dem Haus treten, den Kuchen auf einem Tablett, mit ihrem schiefen, frechen Grinsen, das ich als kleines Mädchen so gern mochte, und sagen: ›Wieder nix geworden, der blöde Kuchen.‹

Ich wünschte, meine Mutter wäre noch am Leben. Ich wünschte, ich könnte sie im Arm halten und ihr sagen: ›Es ist vorbei, aber das Leben geht weiter. Und das Leben ist schön.‹

Sie hatte sich immer eine Familie gewünscht. Genau wie mein Vater und ich. Manchmal betrachte ich alte Fotos und denke: Was wären wir für eine tolle Familie gewesen, wenn uns das Schicksal besser behandelt hätte. Dieser Gedanke macht mich ruhig.

Verzeihen zu können, egal ob sich selbst oder anderen, ist so unglaublich schwer. Aber wenn es gelingt, bricht der Himmel auf, und es wird hell und warm.

Eines Tages werde ich mich nicht mehr davor fürchten, vor die Tür zu treten. Ich mache den Sommer zu meinem Freund. Die Sonne wird mich blenden und mir ein Lächeln abringen, ich spüre die Wärme ihrer Strahlen auf meiner Haut, das sanfte Streicheln des Windes, höre das Rauschen der Blätter, das Lachen spielender Kinder. Dann habe ich keine Angst mehr. Dann bin ich erlöst.«

EPILOG

Es dämmerte bereits, als Dr. Minkowa nach Hause fuhr. Die Temperaturen waren gestiegen, Regen prasselte auf das Dach ihres Citroën, und das monotone Kratzen der Scheibenwischer beruhigte sie ein wenig.

Sie hatte die junge Frau auf der Krankenstation zurückgelassen und versprochen, sie gleich am nächsten Morgen wieder zu besuchen.

Sie hatten jetzt viel zu tun.

Ungeheuerlich, was die junge Frau ihr in den frühen Morgenstunden anvertraut hatte. Manuela Scriba war zwölf Jahre alt gewesen, als sie ihren Vater getötet hatte. Ein Kind, nicht schuldfähig.

Sie würde sie nicht allein lassen. Sie hatte sich vorgenommen, die junge Frau auf dem Weg zurück ins Leben zu begleiten. Ihr zu helfen, das Trauma ihrer Kindheit zu verarbeiten und die Last Stück für Stück von ihren Schultern zu nehmen, auch wenn ihr klar war, dass ihre Patientin nicht immer zwischen Erinnerung und Einbildung zu unterscheiden wusste. Denn auch wenn ihr Vater tot war, Manuela Scribas

Mutter lebte noch, das hatte Dr. Minkowa in Erfahrung bringen können.

Es würde ein langer Weg werden, aber es würde sich lohnen.

Ich danke Christian, meinem Lebensmenschen.

Moritz und Bruno, die mir die Augen geöffnet haben.

Frau Oesterle-Stephan für die wundervollen Gespräche.

Thomas Tebbe für die spannenden Telefonate und seinen klugen Rat.

Meiner Agentin Sohela Emami für ihren Optimismus und ihre ansteckende Energie.

Ich umarme meine Eltern.